王立辺境警備隊にがお絵屋へようこそ！

登場人物紹介
Main Characters
アルベリック
王立辺境警備隊
ノエリア支部の隊長。
カズハを保護し、見守る。
強面で淡々としているが
街の人々に信頼されている。
リュファス
王立辺境警備隊
ノエリア支部隊長付きの副官。
物腰柔らかな王子様タイプ。
異世界の知識を
カズハに教えてくれる。
カズハ
異世界へトリップしてしまった
マイペースな美大生。
生活のため、得意な絵で
にがお絵屋をはじめることに。
そんな彼女の絵には
不思議な力が宿っていて……

コリーヌ
ノエリアの領事でよき施政者。夫の死後、気を落としている。
ジャン=クリストフ
二年前に他界したコリーヌの夫。
ガスティネル司祭
ノエリア寺院の司祭。ニコラの養い親。
カーラ
街の修道院に身を寄せるしっかり者の少女。街で盗難事件が起こる中、様子のおかしいニコラを心配する。
ニコラ
孤児院育ちで神童と呼ばれる少年。街の盗難事件に関わっているようで……

第一章　大変です、異世界へ落ちました

突然こんなところに落ちてしまうなんて、私が何をしたというのでしょうか。

こんな目に遭《あ》うほど悪いことをした覚えはありませんよ。あ、もしかして、小さなことでもきちんと反省しなさいという、神様からのお告げでしょうか。

いやね？　えぇっと……

確かに、昨日は失敗したと思います。たまたま手に持っていた串カツを、お隣のおうちの芝犬ロンちゃんに食べられちゃったんです。

「いつも元気でいいね」という言葉とともに商店街きっての繁盛店、辰串《たつくし》のおばちゃんから大サービスでいただいた串カツ！　ロンちゃんも食べたかったのかな、と思っていたのですが――

お隣の末っ子、幼稚園児のハル君に叱られるまで、犬に油物を食べさせるのはよくないと知りませんでした。

私が気を抜かなければ、ロンちゃんに食べられることもなかったのに……

反省してます、本当ですってば。

こんなに反省してるのに、なぜ私は落ち続けているのでしょう？　ええと、もしかして違う理由

でしたか？

ああ、じゃあ、アレですね。

悪いとは思ってますけど、アレも不可抗力だったと、全力で主張します。

今日たまたま隣で絵を描いていた門脇《かどわき》くんがペインティングオイルを足元に落とし、私がそれを蹴っ飛ばしてしまったこと。そのせいでほとんどが床にぶちまけられたのですが、決して、誓って、ワザとじゃありません。

ええと、確かに今日がはじめてでもありませんが……まさか累計申告が必須なのでしょうか。

前回は絵の具、シルバーホワイトのチューブでした。彼が落としたそれが、これまたちょうど私の足の下にすべりこんでですね、もうヘビ花火級にムニュニュ～って中身が出ちゃいましたよ。新品じゃないけれど、まだ開けてそう日が経ってなかったみたい……ってあれ？

うそ、まだ止まらない？　これも違うの？

そうそう、私の椅子に置いてあったパン一斤を天の恵みかと思い、ぺろりと完食したことも反省すべきでしょうか？　でもね、門脇くんのものだったのなら、自分の席に置いておくべきですよ。

私のせいばかりとも言い切れなくは……

ああっすみません、反省しています。ごめんなさい。

だから落とさないで！

じゃ、じゃあ、コレですか。暇つぶしに一人缶蹴りをやっていて、つい調子にのったせい？

いいえ、自分でもびっくりだったのです。だって周りに誰もいないことは確かめたのに、ひょっこり現れた学長先生の輝かしい頭頂部に大当たりだなんて、宝くじ一等賞モノじゃないですか。ナイスコントロールと拍手喝采《はくしゅかっさい》を浴びてもおかしくは……

そうだ、学長先生に宝くじを買いにいくべきタイミングを、私を通じて神様が啓示したに違いありません。学長先生、いざ駅前の売場へ…………

うわーん、ごめんなさい！

罪をごまかしました、申し訳ありません。いい音を響かせながら弾かれた缶とは逆方向へ、猛ダッシュで逃げました。

だからですか？　帰り道、ふたの外れたマンホールに落ちてしまったのは！

「落ーちーるー………」

いつまで落ちるのでしょうか。真っ暗闇の中、私はずっとバンザイしたまま、かれこれ十分は落ち続けています。

はっ、まさかこれは我が成都《せいと》美術大学七不思議、彫刻科伝説の卒業生が遺《のこ》したという、地球の裏側まで続く謎の落とし穴！　……なんてわけがありません、ははは。

ほんの少しだけ慣れてきたこの状況を、私は甘く見ていました。急にぐんと加速した感じがして、思わず悲鳴を上げます。

「ひいああ〜っ！」

暗闇での加速は、薄れかけていた恐怖を呼び起こします。

いっそのこと全部ひっくるめて、日頃から暴走しがちな私の妄想であってほしい。そんなことを必死に願って現実逃避でもしなくては、やってられません。

それくらい長い間、私は闇の中を落ちていったのです。

いいかげん考えるのをやめたとき、真っ暗だった景色が一転。足元もとい落下方向に、光が見えてきました。

やがて目に映ったのは、鮮やかな青でした。

そして、まるで何かに産み落とされるかのように、ずぼっと音を立てて暗闇から飛び出た先は……

「ぎぃやぁぁああ～っ！」

なぜ空の上!?

空気圧で体がグラリと後ろに倒れ、仰向けのまま急降下です。

横目で下を見ると、広がっているのは牧歌的な景色と地平線。圧倒的な力の風に煽《あお》られ、息をしようにも難しくて、さらに恐怖が募《つの》ります。

ああ、死ぬのかな、私。

お父さん、お母さん、そして弟のみき。不埒《ふらち》な私をお許し下さい。あ、違った。親不孝な私を……

……って、いやいやいや、死にたくなんてない！

もうダメだと、ぎゅっとまぶたを閉じた次の瞬間――

何かに激突したかのような衝撃が私を襲いました。硬いものに背中を打ちつけ、ほんのわずかしか残っていなかった肺の空気が押し出されます。

そういえば今日は、画材道具一式を持って帰るために、大きなカバンを背負っていました。油彩《ゆさい》道具入れって木でできてましたよね、木。

日ごろ大事にしてあげているのに、なんという仕打ち。すぐさまソフトビニール製への交換を検討させていただきます。

背骨を打ちつけた凶器に文句をぶつけていると、横から小さな呻《うめ》き声が聞こえました。それと同時に私を包んだのは、風を切る羽音。

大きな腕に抱きしめられていることに気がつき、まぶたを開けます。すると涙で霞《かす》む視界に、また青が飛びこんできました。

青は青だけど、空の青ではなくて――そう、碧《あお》。

空と海なら、海のほうです。たくさんの生き物を育《はぐく》んで悠然《ゆうぜん》としている、海そのものみたい。

灰色の前髪の下にある、鋭い碧《あお》の瞳に、射ぬかれました。

あ、胸が苦しい。気絶、してもいいですか？

「おい、息をしろ」

その声が合図だったかのようにゲホガハと咳きこみながら、私は呼吸を回復しました。……あ、余分なものが出ちゃった。人間は涙が出ると、鼻からも生ぬるいものが垂れる生き物でして。

私も乙女ですから、そこについてはスルーを希望します。

それはともかく……私を抱える鎧《よろい》の男性は、私をまっすぐ見つめたまま。

ガン見とは何事ですか。といいますか、何者ですか？　あなた。

そして、ここはどこ？

なぜ、私は鎧《よろい》をまとったナイスミドルな男性に抱きかかえられ、空を飛んでいるのでしょう？

鋭い目つきの精悍《せいかん》なお顔に、無精……いえ、ワイルドなお髭《ひげ》が似合いますね。

いや、待って。そんなことより、彼のまたがる、羽の生えた獣は何ですか？

でもって今、ナイスミドルさんと同じ服装をした人が乗った、鳥さんもどきに囲まれていますけれど。私、やっぱり何かしでかしたに違いありません。

混乱する私に、彼は尋ねてきました。

「私は王立辺境警備隊ノエリア支部隊長、アルベリック・レヴィナスだ。お前は何者だ？」

ちょ、ナイスミドルさんてば、真顔でガン見はやめてください。その鋭い瞳には、殺人的威力があります。私の心臓を止める気ですか。

しかしながら自己紹介にはお返事せねばなりません。そもそも異国情緒たっぷりの彼らに、その意味が通じるかはわかりませんんが。

「わ、私は成都美術大学の油彩科二回生、遠野和葉《とおのかずは》」

「せいとびじゅつ……なんだそれは」

あ、やっぱりそこから説明ですか、面倒くさいです。でも、言葉は通じるんですね。

なんて思っていると、私を乗せた鳥さんもどきが、容赦ない勢いで下方へ向かいはじめたではないですか！

降りるんですか？　それには大賛成です。けれどね、ほら、車でもなんでも乗り物酔いって下《くだ》りがキツイって言うでしょう。だからね、ほら……

う、うううえっぷ！　きもちわるいぃぃぃ……！

ということで、気絶してもいいでしょうか？

ってか、もうダメ。気絶します。

私を包むお布団はお日様の匂いがして、ぽかぽか。おまけに課題の制作からようやく解放されてぐっすり寝られたのですから、ご機嫌でないわけがありません。

二日連続の徹夜は、いけませんね。いくら若いといえお肌によくないし、悪い夢を見ちゃったりもしますから。マンホールに落ちる夢なんて子供じみているけれど、単純だからこそ怖いもの。

はあ、よく寝ました。

さわやかな朝です。

一日の運気は朝決まると聞いたことがあります。今日のように朝日を浴びて目覚めると、最高にラッキーな一日になるんですよ。きっと。

ニコニコしながら上半身をベッドから起こすと……

「……………ええと、ここはどこでしょう？」

見たこともない部屋の、見たこともないベッド。壁は漆喰《しっくい》でしょうか。ヨーロッパ調の塗り壁に、可愛らしい織物の壁掛けが目に入ります。

いいな、あれ。染色科の友達、さおちゃんが織ってくれたランチョンマットも、同じように素朴な風合いでした。自然の材料で染めた糸が余っていたそうで、可愛い星マークをいっぱいちりばめたマットを織ってくれたんですよ。

さて、呆けていても仕方がないのでベッドから出ようとして、自分の格好に気がつきました。どうやら昨日の服のままで、一晩爆睡してしまったようです。いや、これで記憶がないのにネグリジェに着替えたりしていたら、怖いことこの上ありませんが。

今着ている服は、女帝エカテリーナ二世の彫像をプリントした自作Tシャツに、カッコ可愛いジャケット。迷彩柄にところどころハートが隠れている乙女感あふれるハーフパンツです。

今気にすべきなのは、私のセンスではありませんよ。

メルヘンチックで西洋風カントリーなこの部屋に、私はミスマッチということ。

……ま、いいか。

気を取り直して、ベッドの下に揃えられていた靴を履きます。そして窓の外を眺めたところで……一気に頭から血の気が引きました。

なぜなら、鞍《くら》をつけた巨大な鳥が見えたのです。

私がいる部屋は、景色からして二階くらい。窓から外を見ると大きな通りがあり、人や馬車のようなものが行き交っています。通りの向こうには、茶色いレンガ造りの大きな建物がそびえ立っていますよ。その建物の前には巨大な鳥さんもどきが数頭と、見覚えのある鎧《よろい》や赤い制服を着た男の人たち。

そういえば、行き交う人々の格好は見慣れないものばかり。街並みだって、中世のヨーロッパのよう。テーマパークか映画のセットに紛れこんだとしか思えません。

景色を見ながら、突然私を襲った出来事を、鮮明にプレイバック。

暗闇の中の長い長い落下。そしてそのあとの空中散歩。

パニックを起こしかけていたところ、ふと気配を感じて振り向けば、人が立っています。

「うっ……ひゃわあぁぁ！」

思わず叫ぶと、一組の男女が、鳩が豆鉄砲をくらったような顔をしました。

あ、一人は昨日のナイスミドルさん……ですよね？

昨日と違ってワイルドな無精髭《ひげ》がありません。ずいぶん印象が若くなりましたが、碧《あお》い瞳は一度見たら忘れられないもの。今日は鎧《よろい》ではなく、赤色の軍服を着ています。

確か名前は……ア、アルなんちゃら……。忘れたのでいいや、ナイスミドルさんで。

一方、お隣の女性は、目が合うと穏やかな笑みを返してくれました。シンプルなワンピースにエプロンをかけ、小麦色の髪をおだんごにまとめているおば様です。

「おはよう、お嬢ちゃん。よく眠っていたけど気分はどう？　痛いところはないかい？　ずいぶんと災難な目に遭《あ》ったみたいだね。困ったことがあったら、なんでも言っておくれよ？」

おば様は矢継ぎ早に言うと、私にずずいと近寄り、手を握りしめてくれました。

この親しみやすさは『おば様』より『おばちゃん』といった雰囲気です。よし、心の中ではおばちゃんと呼ばせていただきましょう。

「だ、大丈夫ですけど……あの」

おばちゃんの隣でいかめしい顔をした男性に、私は視線を移します。

お、怒っているわけじゃないとは思いますが、迫力満点です。少しだけビクつきながらも、私は彼に深々と頭を下げました。

「助けていただいて、ありがとうございました」

角度は渾身《こんしん》の九十度。

もう、あのまま空から落ちていたら、どうなっていたことか……。考えるだけでぞっとします。

「業務のうちだ、礼を言われるようなことではない」

「いえいえ、命を助けていただきましたから。恩には礼節をもって応《こた》えよ。それだけは厳しく育てられました。守らねば、母から回し蹴りが飛んできます」

そう伝えると、ナイスミドルさんがなぜか微妙な顔をしました。

母の教育はともかく、聞かなきゃならない大事なことがあります。

「それであのう、ここはいったいどこでしょう？　なんだか知らない国みたいな雰囲気ですけど……もちろん日本、ですよね？」

ナイスミドルさんとおばちゃんは、顔を見合わせます。

そしてこちらに向き直ると、彼は私に尋ねました。

「ここは、ジルベルド王国、ソミュール州にあるノエリアという街だ。知っているか？」

じるべるど王国？　どこですか、そこ。彼の問いに、私は首を横に振るしかありません。

それを見て、ナイスミドルさんが小さくため息をつくのは……なぜ？

「とりあえず、あなたの身柄は我が警備隊預かりとなった。今後の身の振り方を検討するためにも詳しい調書を作成したい」

警備隊？　警察ってことですか？　そして身の振り方って……私、なんかまずい状況？

いろいろと疑問は尽きませんが、どうやら私はこの人に保護されたよう。

このままだと、何がなんだかわからないうちに流されてしまうかもしれませんね。そんなことにならないよう、私こそ、もう少し話が聞きたいです。

そんな風に思っていると、頷くより先に返事をする奴がいたのですよ。

「ぐぅぅぅぅ……」

――私のお腹の虫、勝手に目立ちすぎです！


宿泊先の朝食って、なぜこうもおいしく感じられるのでしょうか。

お二人に連れてこられた食堂で、私は食事を存分に味わっております。本当においしい。

そういえば、昨年の家族旅行で泊まった温泉宿では、朝食を食べすぎちゃったのでした。そのせいで動けなくなり、観光先でスタートダッシュがきれずに後悔したことは忘れられません。

あれ、なんだか話が逸《そ》れてしまった気がしますが……えぇっと、そうです。私が泊まった場所は、なんとまさに宿屋だったのです。

状況がつかめないまま一階に下りると、机がいくつも並んだ広い部屋がありました。そこは宿泊者用の食堂で、おばちゃんはこのお宿の女将《おかみ》さんだったのです。

「たんとお食べ」

そう言って彼女が出してくれた食事は、最高でした。焼きたてパンとベーコンエッグ。味付けのしっかりしたマッシュポテトはホクホクで、野菜たっぷりのスープは最高にほっとします。

欲を言うと、無表情のナイスミドルさんに、じっと真正面で見られていなければ、もっとおいしかったと思います。せめて一緒に食事をしてくれたら気にならないのですが、ただ何もせず待っていられるのは、申し訳ない気分になりました。

そんなに観察されると、ご飯が喉を通らなくなりそう。

……おっと、すでにお皿は空《から》でしたが。

「……あの、あなたは食べないんですか？」

「すでに済ませた」

さようですか。勇気を出して話しかけたのに、速攻で会話が終了。

「食べ終わったか？」

「あ、はい。ご馳走さまでし……た？」

手を合わせた途端、ナイスミドルさんに腕を取られ、連行されます。

おいしいごはんをいただいてなんていい待遇と思いきや、私の扱いはさらわれてきた宇宙人にチェンジでしょうか。

食堂の入り口でおばちゃんとすれ違い、「もう行くのかい？」と声をかけられました。

でも、振り向きざまにご馳走さまでしたと叫ぶのがやっと。彼は私の腕を引き、ずんずん進んでしまいます。

……はやっ。

ナイスミドルさんの歩く速さったら、尋常じゃない。私は小走りなのに、彼は悠然《ゆうぜん》と歩いているようにしか見えません。

彼は私より頭ひとつ分以上、背が高いのです。コンパスの違いでしょうか？

「あっ」

おっと、足がもつれました。

咄嗟《とっさ》に私を掴んでいた腕にしがみつきます。かろうじて転ばなかったのは、ナイスミドルさんが気がついて支えてくれたから。

私が寄りかかるくらいじゃ、彼はびくともしないんですね。それに、しがみついた腕はとてもがっしりしていて硬いです。そういえば警備隊と言っていましたね。鍛えているのでしょうか。

「……大丈夫か？」

「はあ、ありがとうございます」

転びそうになった私よりも驚いた表情で聞かれたので、間抜けな返事になりました。

ナイスミドルさんは私がしっかり立っているのを確かめ、再び私の腕を引いて歩き出します。でも、今度はゆっくり。どうやら私の歩調に合わせてくれるみたい。

ああ。この人は強面《こわもて》だけれど、きっといい人なのです。

もしかして、よく聞くアレですかね。男兄弟の中で育った子がそのまま大人になって、男女の身体能力の差を、いま実感しました～とかいうやつ。

だとしたら可愛いですよね。

そんな妄想をしていたら、目的地に着いたようです。

そこは宿屋を出て大通りを横切った先、部屋から見えたレンガ造りの建物です。警備隊の支部宿舎なのだと、ナイスミドルさんが教えてくれました。

大きい鳥さんもどきを連れた兵隊さんたちが、大勢行き来する広場を通り抜けた建物の中。私はある一室に通されました。

部屋の中には大小の机が並び、壁一面が天井まである本棚になっていました。応接室というより、お仕事をする部屋なのでしょう。書類がたくさんのった机には、インク壺《つぼ》とガラス製のペンが無造作に置かれています。

「リュファス、調書を取る」

ナイスミドルさんの声に応じるようにして、小さい机に向かっていた人物が、顔を上げました。

「隊長、まずはお嬢さんに座っていただいたらどうでしょう？」

その人はそう言うと、ナイスミドルさんの返事を待たずに、応接セットのある一角に私を誘導してくれました。優雅でそつのない動作です。

彼は、程よくカールした淡い栗毛に、甘いマスクのモデルさんみたいな方。テーブルセットの椅子を引いて、私に座るよう促《うなが》す色男さんの微笑みは、きっと世の女性の胸をたやすく射止めるのでしょう。ナイスミドルさんの眼差しとは違った意味で、凶器となるに違いありません。

ですが私は、彼ってチャラ男なのでは？　と、少し警戒しながら椅子に座りました。

「調書なら私が取っておきますので、隊長はお休みになって下さい」

私の向かいに座ったナイスミドルさんに、色男さんが進言しました。

「昨夜も事後処理のために、休まれてないでしょう？　あなたのことですから、遠征中も徹夜されたのでは？」

「いや、しかし……」

ナイスミドルさんがこちらを見ます。話の流れから察するに、上司であるナイスミドルさんが徹夜明けであることを、色男さんは心配している模様。

休む、休まないの問答は、ナイスミドルさんが私に視線を向けてから止まりましたが……もしかして、原因は私？

「隊長」

「……わかった、任せる」

どうやら上司の方が折れたようです。よかったよかった、徹夜はいけません。私のように、うっかりマンホールに落ちてしまうとも限りませんからね。

ということで、ナイスミドルさんは退室されました。

残された私の前に、色男さんは優雅に足を組んで座り、自己紹介してくれました。

「僕は王立辺境警備隊ノエリア支部の副官、リュファス・ドゥ・ラクロ。さっそく、君のことを聞かせてもらおうか?」

にっこり微笑んではいますけれど……ちょっと威圧的? あまり優しくしてくれなさそうな雰囲気です。

「遠野和葉です。あ、えっと……カズハ・トオノ、でしょうか? カズハが名前です。お手柔らかにお願いします」

「それは君次第だ、カズハちゃん。ちなみにこの国での名乗りは、言い直してくれた通り、名が先だよ。いろいろ尋ねるけど、素直に答えてね。まずは、君自身のことを聞かせて?」

そんなこんなで、尋問がはじまりました。

――もう、私は何から何まで喋りましたとも。出身地に年齢、家族構成、職業。大学名も所属学部も。学生番号まで言わされましたが……それは本当に必要ですか?

色男さんは次々と質問をしては、私の回答をノートみたいなものに書き記していきます。

「次は、昨日一日の出来事を聞かせてくれるかい? 君の覚えている限りの全てを」

「昨日……朝からですか?」

そう、と色男さんは有無を言わさぬ威圧感で頷きました。全てをお話しするのはためらわれましたが、仕方ない、諦めることにします。

話しますよ、包み隠さず何もかも。大学の課題である制作の追いこみのため、徹夜で作業していたこと。門脇くんへの所業に、学長先生とのハプニング。あまつさえピンポンダッシュのごとく逃げ出した結果さえも、包み隠さずです。

あ、もちろんピンポンダッシュとはなんなのかも、きちんと説明しましたよ？　ここにはどうやら、電子の呼び鈴はなさそうなので！

……おや、どうしたことでしょう。

色男さんが美しい頬を引きつらせて、肩を震わせています。私、また何か、やらかしましたか？

その仕草をするときは、二通りあると思います。怒りが抑えられないときと、笑いが込み上げたとき——いまはどうやら後者のようです。何に対して笑っているのか、気になるところではありますが。

「くくっ……もうダメ。面白い娘《こ》だね、君」

「そうでしょうか？」

私なんてまだまだですよ。大学に入ってから、本当に世間にはいろいろな人がいると感じました。芸術にうつつをぬかす人間は、一癖も二癖もあるもの。面白人間でしたら、もっとすごい方々を紹介できそうです。機会があれば、ですが。

「こんなことになったら、普通はパニックになって、手を焼くものだけどね。だから隊長も君から目を離さなかったし、掴まえていたでしょう？　冷静に話が聞けるなんて、思ってなかった」

「……普通、ですか」

なにやら嫌な予感が、私の中で膨れ上がります。

「そう、普通は。君はもう予想……いや確信しているのだろう。ここが君の生きてきた世界ではないと」

色男さん、そこは満面の笑みで言う話ですか？

まぁ、それはともかく。……そうですか、ここは異世界……なんですか、やっぱり。

「あれ？　僕の勘違いだったかな」

さすがの私だって、ショックで言葉がありません。

高校時代、世界史や地理はそれなりに勉強したつもりです。なのに、ジルベルド王国なんて聞いたことありません。

格好からして日本と違う、この国。木綿《もめん》のような風合いな布だけで縫製された服や、鋼《はがね》の鎧《よろい》。たとえどんな田舎《いなか》町だって、日本であれば電柱やコンセントくらいあるはずなのに、それも皆無。アジア人っぽい人は一人も見当たらないし、ナイスミドルさんのあの目はカラコン並みに綺麗で、普通ならありえない色でも、裸眼でした。

何より、人を乗せて飛べるあの巨大な鳥。信じざるをえません。

……そうですか。私はマンホールの穴から異世界に落ちたのですね。

「ここが異世界というのは、さておき。とりあえず気になるのは、その『普通は』という言葉なんですが？」

「ああ、それはね。君がはじめてではないからだよ」

色男さんいわく、稀《まれ》にあるとのことです。

――世界の壁を越えて、人や物がこぼれ落ちてくることが。

「ただ僕も隊長も、落ちてきた人を迎えるのははじめてだ。とはいえ、ときおり人が落ちてくるのは事実だからね。問題が起こらないよう、警備隊では一定以上の地位に就くと、対応を教えられるんだ」

「じゃあ、私の他にも落ちてきた日本人がいるんですか？」

「ごめん、ニホンジンかどうかはわからないけれど、王都に行けば、落ちてきた人の一人や二人はいると思うよ」

「……色男さんは、私が怖くないんですか？　知らない世界から来た、得体の知れない生き物ですよ？」

ぶーっと噴き出しましたよ、この人。今、とってもシリアスなシーンなのに、なぜ！

「色男って、もしかして、僕のこと？」

「はい、他に誰がいますか」

「自己紹介したはずだけど、カズハちゃん。もしかして僕の名前、覚えにくい？」

聞きなじみのないカタカナの名前ですから、一度じゃ覚えられないです。

私の頷きを受け、色男さんは考えこみました。

「……じゃあ、もしかして隊長も？」

「彼はナイスミドルさんです」

「…………っ、げ……げんか、いっ……！　ちょ、ちょっと……っ……まってて……」

色男さんは身悶《みもだ》えながら、ひぃひぃと笑っています。

「ああ、笑った……でもよかったよ、隊長がここにいなくて。彼は落ち着いていていて無口だから、年が上に見えても仕方ないとは思うけれどね……まだ二十七歳だよ？」

「……え？」

なんと、ミドルさんじゃありませんでした。謹《つつし》んで訂正させていただきます。

ああ、本人に向かって呼ばなくてよかったです。

「そもそもはじめて会ったときに、あんな無精髭《ひげ》を生やしてなければ、誤解せずに済んだのですよ。そう思いませんか……へ？　討伐遠征の帰り？」

私の問いに、色男さんが簡単に説明してくださいました。

なんでも、警備隊は街の外に出没する魔獣の討伐に行った帰りだったとのこと。あのように大編成で飛ぶことなど滅多にないらしく、本当に幸運だったたね、と付け加えられました。

……魔獣ってなんですかとか、もし飛んでいらっしゃらなかったら私は地面に激突だったのでしょうかとか、いろいろとツッコミたいところです。でも、今は話が逸《そ》れそうなので、置いといて。とりあえずこれからは、『隊長さん』『副官さん』と呼び名をあらためさせてもらうことにしました。

「じゃ、僕も仕事があるし、今日はこのくらいにしておこうか」

「え、これで終わりですか？」

私としては一方的に聞かれるだけではなく、いろいろと説明してほしいところ。

しかし副官さんも他のお仕事があるので、そうはいかないご様子。うぅむ、残念です。

とにかく私の面倒は、警備隊の方々が見てくださるそう。これからしばらくの間、私は昨晩泊まった『オランド亭』に、お世話になることになりました。日常生活のことでわからないことがあれば、女将《おかみ》さんに聞けとのこと。

それから明日、またお話をする時間を作ってくださり、隊長さんも同席するそうです。

「一応、逃げられたら困るからね。監視兼護衛はつけさせてもらうけれど、基本的にどこで何をしていても自由だよ」

突然現れた異世界人なのに、待遇がよくて驚きます。

そう言ったら、いきなり拘束したり連れ去ったりはしないと、副官さんに呆れられました。

まだ本当にそうなのかはわかりません。でも、今はこれで充分と考えることにします。

私は副官さんから、預かってくれていた自分の荷物を受け取り、再び宿屋へ送ってもらったのでした。


「ふぅ」

部屋に戻ってきて、カバンを抱えたままベッドに腰を下ろします。その途端ため息が出るのは、こんな状況だから仕方がないと思うのですよね。

途方に暮れるというのは、まさにこのこと。

何から悩んでいいのかもわからないので、まずは荷物を確認しようと思います。

暗闇に落ちたときに背負っていた画材道具一式。木箱に入れてあるので、心配なのはオイルビンです。取り出してみれば無事で、ほっとしつつ、ひとつひとつを取り出していきます。

「……あ、これ」

手にしたのは、道具箱のベルトに挟んでいたスケッチブック。存在をすっかり忘れていました。

ペラペラと紙をめくると、まず授業で描いた素描《そびょう》が現れます。目にとまったのは、その中に紛れていた台所に立つお母さんの絵。

描いたのは、朝ごはんを食べながら。食事中に鉛筆を持っているのが見つかるとお母さんに雷を落とされるから、こっそりと描きました。

「お母さん……」

ぽつりと呼んだそのとき、扉を叩く音が。慌ててスケッチブックを閉じて答えます。

「はいっ！」

「ちょっといいかい？」

女将《おかみ》のおばちゃんが、扉を開けて顔を覗かせました。

おばちゃんは私が広げた画材道具を見て、驚いたように言います。

「あんた、もしかして絵描きさんかい？　その年で？」

「いえ、まだ勉強中ですから」

「へえ……そう言ったって、すごいもんだね。あ、あたしはセリア・オランド。この宿屋『オランド亭』の女将《おかみ》だよ。あんたは落ち人なんだろう？　名前を聞かせてくれるかい？」

「カズハ・トオノです。しばらくお世話になります」

おばちゃんの名前は覚えやすくて、少しだけ安心しました。お辞儀をして顔を上げると、人のよさそうな笑みを見せてくださいます。

「よろしくね。うちの亭主はあとで紹介するよ。それで、カズハ？　これ、よかったら使ってくれるかい？」

セリアさんが渡してくれたのは、セピア色のワンピースでした。ふと自分の格好を見下ろします。

「その服もなかなかいいと思うけれど、どうにもここに出入りする連中は男ヤモメが多くてね。若くてキレイな足を見て、馬鹿なこと考えるやつがいないとも限らないから」

そういうことでしたか。

でも、私は……。スケッチブックに描いたお母さんの後ろ姿を、思い出します。

「ありがとうございます。でも、もうしばらく……いえ、今日はまだこの格好でいたいです」

セリアさんは私を気遣うように、眉を下げて頷いてくれました。

「そうかい、無理はしなくていいんだよ。わからないことは、なんでも遠慮なくあたしに聞いておくれ。じゃあ、落ち着いたら下へおいで。体を拭く湯の用意ができてるからさ」

そう言ってセリアさんは部屋を出ていきます。

階段を下りる足音を確認すると、私は両手で思いっきり頬を叩きました。

うん、イタイ。これは現実なのだと、嫌でも認めるしかありません。ただ突きつけられた事実を理解できても、すぐに受け入れられるわけでもなく……

きっと私には私の納得の仕方があるはずです。

預かったワンピースをたたんでチェストにしまうと、画材道具をまとめて抱え、私は部屋を飛び出しました。

宿屋オランド亭を出て、スケッチブックの新しいページに店の外観を描きます。オランド亭の外壁はレンガと茶色い漆喰《しっくい》が組み合わさっていて、緑で塗られた窓枠がアクセントです。

このメルヘンチックな建物に、あのいかつい顔した隊長さんが出入りするなんて、ミスマッチすぎますよ。

鉛筆を動かしながら想像して、にやにやと笑みがこぼれます。ずっとそばにいる兵隊さん——おそらく、副官さんが言っていた護衛の方が引いている気配がするけれど、気にするものですか。

よし、オランド亭は描けました。次は、生きているものにしましょう。

兵隊さんに脅しをかけ……ではなく、道をお尋ねして市場へ向かいます。

「すごい、面白い～」

つい感嘆を、こぼしました。

店の軒《のき》先には肉を焼く香ばしい匂いと煙が漂い、山になった野菜の前では値段交渉する快活な声。馬車の荷台に商品を載せたまま売り歩く人。行き交う人々はまるで、テーマパークのキャストさんのようです。ちかちか光る看板や店先から漏れる流行《はや》りの曲がなくとも、街はにぎわいにあふれていました。

私は立ったまま、片手で支えたスケッチブックに手早く描いていきます。

一枚描いたら、次に目に映る珍しいものへ。

モコモコした体のヤギに似た家畜。顔だけイノシシっぽい、野性味あふれる馬。はじめて口にした人に最大の敬意を表したくなるような、おどろおどろしい見た目の果物などなど。

それら全てを、絵に収めました。スケッチブックの残数なんておかまいなしに。


そして今、私は街はずれの街道沿いの石垣に座っています。

夕日が赤いのは、異世界であっても同じみたい。

ノエリアは、二時間も歩けば回りきれてしまうくらいの小さな街でした。ただ全てが目新しいので、いくらでも描くものはあって……

現在スケッチしているのは、ごつごつした岩と赤い砂。夕日で見事に赤く染まる、荒野の景色です。


ふと鉛筆が止まったとき——手元に、長い長い影が落ちました。

「気が済んだか？」

そう聞いたのは、隊長さん。私が一日中連れまわした兵隊さんは疲労困憊《ひろうこんぱい》のご様子でしたが、いつの間にか彼と交代していたようです。

見上げると、彼は私の描いた絵をじっと見つめています。

「上手いな」

隊長さん、なんだか一言での会話が多いですね。

隊長さんは私と同じように腰を下ろして、荒野に目を向けます。

「たくさん、描いたのか」

「はい、たくさん描きましたよ」

見ますか？　と、彼にスケッチブックを差し出しました。

隊長さんはペラペラと紙をめくり、一枚ずつ真剣な眼差しで見ていきます。ときおり、何かを感じてくれているのか、「ほう」と声を漏らしながら。

何枚もページをめくったあと、ふと隊長さんの手が止まりました。

そのページを覗きこみ——私は咄嗟《とっさ》に、隊長さんからスケッチブックを取り戻します。

「これ……お母さん、なんです」

ぎゅっと胸にスケッチブックを抱き締めて言いました。

隊長さんは黙って私の次の言葉を待っています。

「……一昨日の朝、こっそり描いたお母さんです。いつもと同じように、朝ごはんを作ってくれました。玉子焼き……毎日同じメニューで、ほんとワンパターンなんだからって……そんなこと思ってたんです」

お、おかしいな。視界がなんだかにじみます。

「今日は、いっぱいスケッチを描きました。はじめて見るものばっかりで、最初は楽しかったです。これはなんだろう、あれはなんだろうって、私の世界とは違うものを探して。でもたくさん描いているうちに、わかったんです。こんなに違う……ここは私の世界じゃあ、ないんだって」

頭に、大きくて温かい手が触れました。

ポロポロと大粒の涙をこぼす私の頭を、隊長さんは撫でてくれています。

見上げると、相変わらず彼の表情は硬いまま。その碧《あお》い瞳から、感情を読み取るのは難しいです。

でも本能でわかるのですよ。この人は頼ってもいい人だって。

だから、少しだけ寄りかからせてください。

子供のように、声を枯らすまで泣いて泣いて、泣き疲れたら――きっと、がんばれます。

ちょっと落ち着いたところで、我に返りました。涙が出ているということは、例のものもまた鼻から垂れているわけでして……

せめて可愛らしくと、手で顔を隠してみますが、むしろそれが失敗でした。

「黒い」

隊長さんの言葉に、え？　と自分の手を見て愕然《がくぜん》とします。

ぎゃあぁ、鉛筆で手のひらが真っ黒です！

当然、鼻も真っ黒に違いありません！

慌てて袖口で顔を拭う私に、隊長さんがハンカチを貸してくれました。

私は遠慮なくお借りしましたよ。なけなしの乙女心が重傷を負いましたが。

とんだハプニングで、いつの間にかスケッチブックを足元に落としていたことに気づきました。

いけないい、いけない。

スケッチブックを拾おうとして――ふと異変に気づきます。風もないのに、パラパラとページが勝手にめくれていったのです。

手は思わず引っこめてしまいましたが、私の目はスケッチブックの絵に釘付け。

「え……？　絵が……動いている？」

あわわわっ、大変です！

目の前でスケッチブックの中のお母さんが、パラパラ漫画のようにコマ送りで動いています。鉛筆で描いたから、白黒ですよ！　レトロなテレビアニメみたいで……いやいや、そこは問題ではありませんね。

とにかく、動いちゃってます！　怪奇現象です、ミステリーです、摩訶《まか》不思議です、ミラクルです、超常現象ですってば！

私は半泣きで、隊長さんにしがみつきました。私、こういうのまったく駄目なんです。

ガクブルと震える私をかばって、隊長さんが前に出てくれました。これ幸いにと、私は彼の陰に隠れさせていただきます。

『……どこ……ったの』

「……え？　な、なな、なんか聞こえませんか、隊長さん！」

相変わらず無反応な隊長さんの背にしがみつき、ちょっぴり顔を出して動く絵を覗きました。

すると、パラパラと動くお母さんの絵が、こちらを振り向きます。

絵が動くのも怖いですが、それがお母さんとなれば恐怖もひとしおで……あ、もちろん今のセリフは、本人には言えません。

『……にもう、和葉のや……、帰ったら説教と踵落《かかと》としなんだから！　ちょっと、……聞いてる……』

お母さんの声が聞こえて、血の気が引きました。

絵が動くだけでも信じられないのに、声まで聞こえるんですよ。しかもその内容が説教だなんて、聞くに耐えられません。空耳であってください。

隊長さんが、確かめるように私を振り向きます。そういえば……

「もしかして、隊長さんにもお母さんの声が聞こえましたか？」

……ええと、なぜそこで眉を寄せて、言葉を詰まらせるのですか？

「……聞こえた」

やっぱり隊長さんにも声は聞こえていたのですね。

「絵が動き出すこともしゃべることも信じられませんが、あの声あの口ぶりは、間違いなく私のお母さんです」

私は真顔になって言いました。

ここ異世界と、あちらへつながる手段があるということなのでしょうか。だとしたら、帰る手がかりになるかもしれません。私が珍しく真剣になるのも、当然です。

それなのに隊長さんは、どうでもいいことを確認してきます。

「お前の母親は武芸者《ぶげいしゃ》か何かか？」

ええと、気になるのはそこですか？

「普通の主婦ですよ。確かにちょっとお茶目なところはありますが」

踵落《かかと》とし、お茶目、と隊長さんはブツブツ言っていますが、かまってはいられません。

動いているのが本当にお母さんなら、この現象を放っておくだなんて無理です。……怖いけど！

きっとお母さんは、帰らない私を心配しているはず。

「お、お母さん！　聞こえる？　お母さん！」

地面に投げ出されたスケッチブックに向かって必死に叫ぶ私は、はたから見たら滑稽《こっけい》かもしれません。だけどお母さんの絵はまだ動いているのです。

絵の中のお母さんは台所仕事を続けていて、私の声はまったく聞こえていないよう。洗い物の手を時々止めては、小さなため息をついているようにも見えます。

「お母さん！　お願い答えて、私、和葉だよ！」

私は我を忘れ、スケッチブックを覗きこみ、叫び続けました。

お母さん、気がついて。お願い、私はここにいるの。

ところが呼びかけも虚《むな》しく、お母さんは絵から、姿を消してしまいました。

そして瞬《まばた》きをひとつすると、絵に姿が戻ってきました。だけどそれは、私が描いた動かない後ろ姿で——

スケッチブックの前で、私はへたりこんでしまいました。

なんで、どうして一方通行なのですか？

隊長さんは、すっかり大人しくなったスケッチブックを手に取り、閉じてしまいました。そして私に渡してきます。

「日が暮れる、帰るぞ」

「余韻もへったくれもありませんね、隊長さん」

怨《うら》めしげな視線をスルーして、彼は私の腕を取ります。あたふたと道具を仕舞ってカバンを背負う私を、隊長さんは引きずるように素早く歩き出しました。

「た、隊長さん？」

今朝学習したことは、忘れてしまったのですか？　歩調を合わせてくださったじゃないですか！

私が足をもつれさせながら問いかけようとすると、急に止まる隊長さん。当然、私のちょっと低めの鼻は、隊長さんの大きな背中に激突です。

「ああ、足が遅かったな」

カチンときますよ、その表現！

「隊長さんの印象は訂正されました！　いい人から唐変木《とうへんぼく》へ変更です」

「そうか」

「そうかじゃありません」

……ええと、あれ？　隊長さん、笑っているのですか？

目を細め、口元がかすかに上がっているように見えます。

再び歩きはじめた隊長さんは、相変わらず私の腕をひっ掴んでいますが、今度はゆっくりとした歩調です。

ます。

「……さっきのことは、まだ誰にも言わないほうがいい」

さっきのこととは、お母さんの絵が動いたことですね。……ん？　隊長さんの言葉に疑問を抱き
「なぜですか？　あれがどういう現象なのか、隊長さんは知っているのですか？」

そういえば、隊長さんはさほど動揺していないようにも見えました。

「いや、わからない。だが、まだここに慣れていないお前をだましたり、利用しようとしたりする者が現れるかもしれない」

それはもしかして、右も左もわからない私が、詐欺《さぎ》に遭《あ》うかもしれないということですね。それが絵の件とどう関係するのかわかりませんが、了解しました。隊長さんがそう言うのでしたら、もちろん秘密にします。それに……

「秘密のひとつやふたつあってこそ、女は魅力が増すのだと、お母さんが言ってましたから！」

ぶほっ！

なんで立ち止まるんですか、隊長さん！　また顔をぶつけてしまったじゃないですか。

「だから、お前の母親はどういう……」

「へ？　お母さんがどうしました？」

「…………いや、いい」

あ、言いかけてやめましたね。しかも眉間《みけん》にシワを寄せちゃって……

笑ったりしかめ面《つら》をしたり、隊長さんは意外と表情豊かな人なのですね。

強面《こわもて》隊長さんの控えめな百面相《ひゃくめんそう》のおかげでしょうか、塞《ふさ》いでいた気持ちが、少しだけ軽くなっていました。

やっぱりいい人ですね、隊長さん。

そうして二人で宿屋オランド亭に戻った頃には、日もすっかり落ちていました。

私が戻ると、慌てて出迎えてくれたセリアさん。まるで、家出した子供を出迎えるかのような猛烈なハグをしてくれて、驚きました。でも温かくてどこか懐かしい気がして、少し嬉しかったのです。


二泊してみて、わかったこと。宿の生活は想像以上に快適でした。

今朝からはセリアさんが用意してくれた、ワンピースを着用しています。スカートを穿《は》くのは久しぶりだと言うと、セリアさんにはとても驚かれました。そういえば、こちらの世界の女性はみんなスカートを穿《は》いています。恐らく他にも、習慣の違いがあるのでしょうね。

昨日はいろいろあって大変でしたが、かえって気持ちを切り替えることができた気がします。郷に入っては郷に従え。私は自分の着ていた服を丁寧にたたんで、チェストに仕舞いました。

いろいろと聞きたいこともたくさんあるので、今日は意気ごんで支度をします。

そしておいしい朝食を食べきったところで——出鼻を挫《くじ》かれました。

隊長さんと副官さんのお仕事の都合上、私の取り調べが午後になったそうです。

「いえ、予定が変わったわけではなく、最初から午後の予定で……」

セリアさんに愚痴《ぐち》っていたら、予定を伝えにきてくれた兵隊さんの突っ込みが入りました。

ぐぅ、確かに確認はしていませんでしたよ。昨日と同じように朝からだと思いこんでいたのは私です。でも……

「今日は私もいろいろ聞けると思って、い〜っぱい質問を考えてあったんです。取り調べを待ちに待っていても、いいじゃありませんか！」

あ、苦笑しながら、三歩も下がりましたね？　兵隊さん。

思わず頬を膨らませると、セリアさんがなだめてくれます。そこへ、朝の仕事を終えたご主人がやってきました。食事の載ったお盆をテーブルに置き、私の向かいに座ります。

ちなみにここは、オランド亭の食堂。食事の時間は終わり、お客さんはゼロです。

「カズハ、遅くなったけど紹介するよ。これが亭主のラウール・オランドだよ」

セリアさんが紹介してくれた旦那さんは、白髪まじりのロマンスグレーな方でした。

昨日、セリアさんからがっしりした男性だと聞いていましたが、本当に逞《たくま》しい体つきです。彼は調理場担当で、なんと兵隊さん上がり。適度に日焼けした肌と盛り上がる腕の筋肉は、現役でも通じそうです。

「カズハ・トオノです。いろいろとお世話になっています」

「腹一杯食ったか？　元気さえありゃ、世の中なんとかなるもんだ。遠慮はするなよ？」

「はい、とってもおいしいご飯をありがとうございます」

オランド亭のご飯は、掛け値なしにおいしいのです。

満面の笑みで答えると、セリアさんが笑い出します。

「レヴィナス隊長と向かい合って食べても、ぺろりと完食するくらいだからね。カズハは大丈夫さ！」

「そうか、アレを前にしてか。なら大丈夫だな」

太鼓判を押してもらったのは嬉しいですけれど、隊長さんはいったいどういう扱いをされているのですか。

「確かに隊長さんって、いつもしかめ面《つら》ですよね。けっこう素敵な笑顔なんですから、笑っていればモテそうなのに。あ、既婚者でしたら必要ありませんね。いわゆる、いい人なのに誤解されるタイプでしょうか。……あれ、皆さんどうしました？」

「カズハは、見たのか？」

何をですか。

ラウールさんは驚いたように目を見開いています。セリアさんと、後ろに立っていた兵隊さんも。

「そうか、笑っていたか、やつは」

「はい、ちょっとわかりにくい笑顔でしたが」

ラウールさんの頬にしっかりと刻《きざ》まれた笑いジワは、とても優しげです。そしてセリアさんと互いに微笑み合っています。仲のいいご夫婦ですね。見ているこちらも幸せな気分になります。

「ところでカズハ、これからまた街に絵を描きにいくのか？」

「あ、いえ。何も考えていませんでした。てっきり朝からまた呼び出されると思っていましたから」

「そうか。なら、俺と一緒に来るか？」

そのお誘いの内容を詳しく聞けば、ラウールさんは警備隊宿舎の調理場も仕切っているのだそうです。今から警備隊宿舎のお昼ご飯を作りにいくとのこと。

「はい、はい、はい！　もちろん行きたいです！」

私は小学生よろしく、元気に挙手です。

そんなわけで、ラウールさんが朝ごはんを終えるのを待って、お出掛けすることに。

「宿の主と宿舎の調理場をかけ持ちだなんて、大変ですね」

宿舎に向かいながらそう尋ねると、そうでもないとラウールさんは笑います。実際、宿舎での作業はほとんど、兵隊さんたちが交代で行うみたい。

ラウールさんの役目は、献立作りや仕入れの手配、調理法の指導監督なのだとか。

警備隊宿舎前まで来ると、相変わらず兵隊さんたちと鳥さんもどきがうろついています。

「ラウールさん、あの羽が生えてて兵隊さんが乗っているのは、なんという生き物ですか？」

「ああ、あれはグリフォンだ。異世界《むこう》にはいないか？」

グリフォン！　そう言われれば、そんな見た目です。

「すごいです、私の世界では伝説上の生き物ですよ。確か昔の王侯貴族の家紋などに使われていたようですから、豊かさや強さを象徴していたのだと思います。……本当に綺麗な羽」

宿舎の玄関前に、一頭のグリフォンが大人しくつながれていました。その子は羽をたたんで、彫ます。

像のように立っています。

大きな体は見るだけで圧倒され、近寄ることもはばかられるほどの威厳です。上半身は鷲《わし》で、下半身はライオンを思わせる体。だけど、羽は鷲《わし》にはない艶《つや》やかさで、玉虫色のごとく輝いて見えます。

ああ、ふつふつと創作意欲が沸き上がってきました。

「なんだか、絵を描きたそうだな」

「はい！　……そんなにわかりやすいですか、私？」

「そわそわして今にも飛び出しそうだ」

ラウールさんに豪快に笑われました。

「でもまずは、ラウールさんの職場が見たいです。鳥さんたちはあとにしますね」

グリフォンは今日のモチーフのひとつに決定です。

私はニコニコ顔で、ラウールさんのあとを雛鳥《ひなどり》のように追いかけていきました。

そしてたどり着いたのは調理場のはずだったんですが……

「何やってんだ！　チンタラしてやがるとお前も大鍋に叩きこむぞ！」

ひぃ、兵隊さんスープは食べたくありません。

「バカヤロウ！　食材無駄にしやがって、刻《きざ》むぞ！」

血を見るのは嫌です。

「さっさと皿を洗わねえか！　テメェの口に突っ込むぞ！」

お皿は食べられませんよ？

「そうじゃねえ！　いつになったら味を覚える？　少しも使わねえのなら、その頭かち割るぞ！」

実際にやられてしまったら、スプラッタです。

そんなわけで、調理場は戦場でした。

ラウールさんはまさに仕事に熱い親父《おやじ》さんで、若い兵隊さんを顎《あご》で使い、ミスすれば容赦なく怒鳴り飛ばしています。セリアさんの前で微笑みを絶やさなかったラウールさんは、どこへ行ったのですか？

兵隊さんたちは、根性で叱咤《しった》に喰らいつき、ラウールさんにしごかれています。そんな彼らも、今日のモチーフに決定。

ただ、呆然と眺めているのもなんだか申し訳なくなってきました。

よし、と力いっぱい腕まくり。

不肖、これでも一人前の成人乙女！　お手伝いをすべく戦場に挑むのです。

ファイト、おー！


……乙女のやる気をあなどってはいけません。やる気はあるのですよ。

でも、結果を申し上げますと、やる気だけではなんともならないこともあるわけで……

勢いよく突入したのはよかったのです。我ながら奮闘したと思うのですよ。

まずは、ずらっと並ぶまな板の列に隙を発見。空いたまな板の前に立ち、野菜を切るのはできると自信をみなぎらせました。

キレイに並べられた包丁の中から、見慣れた形のものを手に取り、キャベツに似た野菜をザックリ。

わあ、この包丁、よく研がれていて切れ味抜群！

……なんて感動していたら、あれれ？　兵隊さん二人に、なんとなく押し出されてしまいましたよ？

さすが戦場です。

負けてはいられまいと次に狙ったのは、野菜洗い。お、これはホウレン草に似ていますね。泥をしっかり落としてどんどん洗うぞ！　と、思っていたら……流しに桶がふたつあることに気づきました。

兵隊さんが口を開けて、驚いた顔をしています。

手を動かさないと、またラウールさんに怒鳴られますよ？

そう助言しようとしたら、今度は三人がかりで押しくらまんじゅう状態にされ、いつの間にか作業場の外へ。

むむむ、仕方ないです。

今度目星をつけたものは、私にうってつけ。出来上がった料理の皿をテーブルに運ぶ作業です。

ついでに一口……うむ。いい味出してます……

って、私ごと料理を運ぶとは、兵隊さんも案外お茶目さんですね。

そしてお次は、あの子！

ずいぶん若くて小柄な兵隊さんが、お皿を拭いて食器棚に片付けています。手際が悪いようですね、ここはオネーサンに任せなさい。

……結果、仔猫を運ぶがごとく、ラウールさんに調理場からつまみ出されました。


「カズハ、アレ見えてるか？」

はい、申し訳ありません。

連れてこられた食堂の椅子の上で、小さくなる私。そして調理場では、兵隊さんたちがてんてこ舞いです。

私の得意なサイコロ切りにした野菜を整え直し、水を節約するために溜めていた二度洗い用桶の泥水を取り替え、つまみ食いでおかずが欠けた料理を盛り直し、割れた皿を掃いてくださっています。

「すみませんでした。お詫《わ》びに、少しでも働いてお返しするしか……」

「待て、待て！　カズハ、それだけは勘弁してくれ」

再び腕まくりしたところ、笑顔で羽交い締めにされました。

そうでした、まったくもって役立たずですね。

「まあ、そんなに肩を落とすな。お前は、お前に向いていることをすりゃいい」

ラウールさんは、私の荷物に視線を投げます。

「描けよ、悪いと思ったんなら。精々、男前に頼むぜ？」

はじめてだからそれで許してやる、とラウールさんは笑いながら調理場に戻っていきました。男前といいますか、男気あふれる方です。

そのあとは、もちろん精一杯、描かせていただきました。働くラウールさんの横顔をカウンター越しに見つめ、スケッチブックに鉛筆を走らせます。

心に響いたラウールさんの言葉は、こうして手元の線に息吹《いぶき》を与えるのです。

「……うん、できた」

気持ちが乗ると、いい絵が描けるものです。

スケッチブックには、ラウールさん。料理に向かう厳しい表情の中にも、セリアさんに向ける甘い笑みと、私に見せた優しさが伝わる、彼らしい顔が描けました。

これならきっとラウールさんのみならず、セリアさんにも喜んでもらえそう。

にまにまとスケッチブックを掲げる私の前に、湯気の立つカップがふたつ、コトリと置かれました。

「うまく描けたか？」

「バッチリです」

ようやく休憩となったラウールさんがドスンと座り、大きなため息とともにお茶をすすります。

「あいつら、半年しごいてようやくマシになった。やれやれだ」

「半年？」

「……ああ、知らないんだったな」

ラウールさんが話してくださったのは、ここノエリア支部の現状。半年前に大幅な人員の入れかえがあったのだとか。

なんでもここノエリアの警備隊を中心に、贈収賄《ぞうしゅうわい》や横領の摘発で大勢の人が捕まったんだそうです。その中には前任の調理場責任者や、先代の支部隊長さんまでいたとのこと。

だから、人手不足を補うため、兵隊さん経験のあるラウールさんが調理場の責任者として抜擢されたそうです。あまりにも補充人員が多く、調理場まで手が回らなくて、今の隊長さんからお願いされたみたい。

「じゃあ、今の隊長さんは、隊長さん歴半年ですか？」

そう言えば、まだお若いんでしたよね。兵隊さんの常識は私にはわかりませんが、二十七歳でひとつの組織の責任者になるのは、すごいことだと思います。

「ここに赴任してきて不正を洗い出したのは、当時副官だったあいつなんだ。だから残ってる奴らは皆、感謝しているんだが……。クソ真面目すぎるし、あの風貌《ふうぼう》だからなぁ」

ラウールさんから見たら、隊長さんはここでまだ浮いた存在なのだそうです。

そう言いながらも、優しい顔をするラウールさん。

「……もしかして、ラウールさんは隊長さんと親しい間柄なんですか？」

「まあ、やつとは昔からちょっとな」

ずいぶん気心が知れてますもんね。やつとかあいつって呼ぶくらいですから。

「そうだ、カズハ。ちょっと悪いが頼まれてくれないか？」

突然、ラウールさんは思い出したように言いました。

「なんですか？　私にできることならどんなことでも」

「明日から、俺には仕入れに出ようと思ってるんだ。半年経って、あれでもどうにか隊員達に調理場を任せられるようになったからな。買い付けの仕方の指導も兼ねて、隣街に行ってくる。往復三日はかかっちまうから、戻るまでの間、セリアと宿を頼む」

そういうことでしたらもちろん、私に任せてください！

辺境の小さな警備隊支部は、経費が限られているので、買い付けはとても大事なのだそうです。ここノエリアの街では賄《まかな》いきれないものを隣街まで行って買うことが、どうしても必要となるのだとか。

ラウールさんは面倒だとぼやきながら、留守中の準備をするために、また調理場に戻っていきました。

彼を見送り、私はスケッチブックを抱えて食堂を出ます。

気分が乗っているうちに、いざ、鳥さん……違った。グリフォンをスケッチするのです！

鼻歌まじりにスキップで元来た道を戻ると——いたいた、いました。

馬のように手綱《たづな》を体につけた子が一頭、まだ建物前につながれたままです。

私の後ろをついてくる兵隊さんに聞けば、この子は緊急時のために必ずここで待機しているのだと言います。何か事件の知らせがあれば、とりあえずこの子が出動するだなんて、まるでパトカーみたいな存在ですね。

さて、描く前に、まず観察。

グリフォンの顔は鷲《わし》ですから、とても精悍《せいかん》で格好いい。でも鳥類のくりくりお目々は、キュートなのですよ。

もっとじっくり観察したいですね……。迫ります、近づきます、にじり寄ります……

グリフォンのくちばしは鋭く、前脚も鳥類らしく爪が伸びています。それでいて下半身はがっしりと逞《たくま》しく、人を乗せるには充分な機能を兼ね備えているのだから、不思議です。

近くで見ると、翼はすごく大きくて、厚みがあります。

ああ、雄々《おお》しく羽ばたいてほしい。そう思ったのがいけなかったのでしょうか……

次の瞬間、黄色いくちばしが大きく開いて降ってくるのを、私は身動きできずに凝視しました。

グリフォンって、肉食ですか。

「……って、ひぃぃ！　いでで」

ちょ、ちょっとグリフォン！　スキンシップの定義について、議論させていただいてもよろしいでしょうか！

私は今、猛烈に愛されているようです。誰にって、グリフォンに！

くちばしで頭をがっぷり挟まれ、分厚い舌でレロレロされています。

自慢の黒髪がベトベトです。そこまで長くはないのでまとめていないのが運の尽きでしょうか。よだれで巻き上げられて、見るも無惨な姿になっていることが予想できます。

付き添ってくれている兵隊さんがグリフォンの手綱《たづな》を引いて、私から離そうとしてくれていますが、びくともしないようです。

助けて、だーれーかー。

「よせ、ハデュロイ」

よく通る低い声が聞こえると、私の頭は驚くほどあっさり解放されました。私に襲いかかっていたグリフォンは、翼をばたつかせながら声の主のほうに向かったようです。ハデュロイというのは、このグリフォンの名前でしょうか。

「大丈夫か？」

「隊長さん……」

声の主は隊長さんでした。

今度は隊長さんに覆いかぶさって、大きな頭をすり寄せようとするグリフォン。それを片手であしらうように軽々と押しのけ、隊長さんが私に遠ざかるようにと視線で合図をよこしました。

私は慌てて横をすり抜け、ようやく難を逃《のが》れます。

私より頭ひとつ分背の高い、隊長さん。でもその隊長さんよりも、グリフォンは更に頭の位置が高いのです。体はきっと馬より一回りは大きいのではないかしら。

今更ながら、この図体にじゃれつかれることの危険性に気づき、不用意に近づいたことを後悔します。

隊長さんの指示で、人懐《ひとなつ》っこいグリフォンは小屋へ戻されることに。私はといえば、隊長さんに再び腕を掴まれ、警備隊宿舎に逆戻りです。

なんだかもう、隊長さんに掴まれて連れていかれる状況は、デフォルトなようです。

「あれは少々、問題がある個体だ」

建物の中に入ってすぐ、隊長さんは腕を離してくれました。

助けていただいておいてなんですが、そうジロジロ見下ろさないでくれませんか、隊長さん。

見ての通り、髪はボサボサのベトベトなので、あわれんでくださっているのはわかりますけれど。

どうにもいたたまれなくなります。

「……洗うか？」

「あわれみの目はやめて、いっそ笑ってください、盛大に！」

私が叫ぶと、隊長さんは目を真ん丸にしました。

鳩が豆鉄砲を食らったような顔とは、まさにこのこと。隊長さんの新たな表情をまた発見です。

「笑ってくれたほうがいいです、笑い話にしてしまえば、後々これもいい思い出に変わるはずです」

「強引だな」

そうです、強引上等。都合がいいとも申しますが。

でもそうすれば、ほら。隊長さんのささやかな微笑みも拝めるわけですから、私はラッキーですよ。その中に、多少呆れが入っている気はしますけれどね。

そのあと、宿舎の洗濯場に連れてきてもらいました。井戸の水をくみ、髪を洗うことにしたのです。シャンプーが欲しいですが無理なので、石鹸《せっけん》を少しだけ拝借しましょう。

その前に周りに誰もいないのを確認してから、スカートをたくし上げます。裾をウエストの隙間に押しこむと、ブーツを脱いではだしになります。お借りしている長いスカートを濡らしたくはありません。

髪を湿らせてから軽くもみ洗いし、井戸の水で石鹸《せっけん》を落とします。

丁寧に水を絞ってから、ハンカチで髪を拭きました。今日のようなカラッとしたお天気でしたら、きっとすぐに乾くでしょう。

「カズハ！」

突然呼ばれて振り向けば、隊長さんが、出入り口に鬼の形相で立っていました。ズンズン歩いてきて、手にした布を私に突き出します。

ありがとうございます。でも、なぜに顔を背けているのですか。

「使え。足、隠せ」

ああ……、はいはい。

私はスカートの裾を戻してから、渡してもらった布でありがたく髪を拭かせてもらいます。

セリアさんが言っていた通り、こちらの世界で素足《すあし》を出してはマズいのですね。隊長さんの慌てぶりでようやく実感。

昨日ハーフパンツを穿《は》いていたときは、相当気を使ってくれていたのでしょう。今日はやめて正解でしたね。

「誰もいなかったので、つい。それに、服を汚したらセリアさんに申し訳ないですから」

この理由はかなり正当だと思うのです。そんなに眉間《みけん》にシワを作らなくてもいいじゃないですか。

「風邪を引く。しっかり拭け」

頭にかぶった布を、大きな硬い手でゴシゴシされました。

こちらの世界は日本と違って乾燥した気候です。そのせいかさほど暑く感じませんが、寒くもありません。風邪なんか引きませんよ？

私がそう言えば、隊長さんの手つきがもっと乱暴になりました。

「いたた、痛いですよ、隊長さん」

「アルベリック・レヴィナスだ」

顔を上げると、彼の碧《あお》い瞳と目が合います。

「私の名だ」

「……申し訳ないと思いますけれど、仕方ないじゃないですか。覚えにくかったんです。副官さんから聞いていますよね？」

「聞いては、いる」

それでも呼べと？　こ、子供みたいです。

そっぽを向きながら言う仕草は、拗《す》ねているとしか思えません。意外な隊長さんの姿に、私はつい噴き出してしまいました。

「二人揃ってこちらでしたか、探しましたよ」

絶妙なタイミングで現れたのは、色男の副官さんです。

「仲良くじゃれているところ申し訳ありませんが、時間がないので、続きは執務室でお願いしますよ」

「じゃれてません」

「リュファス」

私と隊長さんは、それぞれ一言で抗議します。

相変わらず、軽いけど優雅な笑みを浮かべる副官さん。

スッと無表情に戻った隊長さんとの対比が面白いお二人です。

副官さんは、彼の軽口を咎《とが》めるように名前を呼んだ隊長さんを、肩をすくめて流してみせます。

彼はなかなか強者《つわもの》なのだろうというのが、私のここ二日間の観察結果です。


隊長さんの執務室に行くと、昼食が用意されていました。私の分もあります。やっほーい。

「今日は緊急な用件ができまして、お昼の時間しか確保できませんでした。許してください、カズハちゃん」

「聞きたいことがあると、報告を受けている」

食べながらでよければ、今日は私の質問に答えてくれるそうです。

隊長さんたちに促《うなが》されて、私もありがたく食事をいただきます。

お肉の入っているシチューみたいな料理を口に入れると、あまりのおいしさに頬が落ちそうです。

パンや付け合わせのお惣菜は、ラウールさんの指導のおかげか、オランド亭と同じ味。

つい食事に夢中になっていたら、副官さんは呆れた顔で口を開きます。

「で、何が聞きたかったの？」

「……そうでした。ええと、その」

どう口にしたらいいのか少し言いよどんだあと、私は意を決して尋ねます。

「私は、帰れますか？」

そう。昨日は怖くて聞けなかった、一番知りたいこと。

隊長さんたちも、聞かれることは当然予想していたのでしょう。

正面に座る隊長さんの瞳は、真剣でまっすぐ。

なんとなく、その答えが決して笑顔で受け入れられるものではないとわかってしまいます。

「恐らく、戻れない」

「なぜですか？　こ、根拠は？　データがあるのですか？　落ちてきたんですから、逆もありえません？　それとも、私は何かの罰でここにいるんですか？」

「罰って――カズハちゃん、そういう言い方は僕たちに対して……」

「リュファス！」

確かに失礼なことを言ってしまいましたが、今の私にはあまり余裕がありません。

私はお惣菜をつついていた箸をいったん置きます。

……そうです、箸なのです。

「おかしいです、この世界。なんで箸がフッーに出てくるんですか。本当は異世界なんかじゃなくて、実は大がかりなドッキリなのかもって……昨日のあれも」

動くお母さんの姿を思い出し、胸が締めつけられます。

「言ったはずだ。ここは、お前のいた世界とは違う。だからこの世界は、おおむね落ち人を受け入れる。箸もまた

は知識を、物は恵みを与えてくれる。だからこの世界は、おおむね落ち人を受け入れる。箸もまたしかり。特にこのジルベルド王国は、外からの異文化を受け入れやすい土壌もある」

答えてくださったのは隊長さん。それに副官さんが言い足します。

「元の世界にあるものは、探せばまだまだあると思うよ、カズハちゃん」

「なんですかそれ？　探してどうなるって言うんです。私はいったいなんのために、どうしてここに来たんですか？」

「……それは」

隊長さんが、厳しい表情で言葉を詰まらせます。

「理由なんかないよ、カズハちゃん。自分で昨日教えてくれたろう、『落ちた』って」

副官さんの言葉は、残酷でした。

「……ならば、なぜ言葉が通じるんですか？」

「悪いが、それも詳しいことはわかっていない。落ち人の多くは、意思の疎通に問題はない。そういったことを知りたければ、王都に行くしかないんだが」

申し訳なさそうにする隊長さん。

結局、落ち人がなんなのかは、わからないまま。やるせない気持ちが、体中をむしばんでいきます。

「……もういいです。きっとお二人にはわからないです。知らない世界にたった一人、放り出された私の気持ちなんか」

今はもう、何も受けつけられません。

いつの間にか私は、執務室から逃げ出していました。

受け入れがたい現実から目を逸《そ》らした日の翌朝。私は、どんよりとした目覚めを味わいました。

一昨日、絵が動いたときは、あんなに怖くて仕方がなかったのに。今は動かないお母さんの絵を前に、途方に暮れています。情けないことに、どうやらホームシックのようです。なんだか元気が出ません。

気づけばスケッチブックも残り少なくなっていました。ああ、なんて計画性のない。ところでこの世界には、上質な紙があるのでしょうか。……箸があるくらいだから、大丈夫と信じたいです。

宿のご主人ラウールさんは予定通り、兵隊さんたちと荷馬車を引き連れて、今朝早く出発しました。お客さんの食事は、元々の雇い人とセリアさんが用意してくれました。私も手伝いたかったけれど、邪魔になる予感しかしなかったので、それ以外の手伝いを買って出ます。

「カズハ、そろそろ手伝っておくれ」

丁度、セリアさんが呼びにきました。スケッチブックをカバンに仕舞い、部屋を出ます。

「今から洗濯場に行くからね、そのカゴを持ってついておいでよ」

とぼとぼとセリアさんにくっついていきたのは、宿から歩いて十分ほどのところにある、公共の洗濯場。すり鉢型に石段があり、中央には大きな五つの水槽が並び、用途で使い分けられているようでした。

湧き水をたどるように、セリアさんは人をかき分けさっさと下流の水槽に向かいます。はぐれないよう、急いであとを追いかけなくちゃ。

「ドナシファン、これ今日の分、頼むよ」

「まいど、帰りに声かけてくれ」

シーツをたんまり入れたカゴを、セリアさんはお金と一緒に男性に渡しました。彼はそれを受け取り、石段脇の小さなお店に入ってしまいます。

「さあ、カズハ、次はそっちの番だよ」

お客さん用のシーツは洗濯屋さんにお願いし、私が運んだカゴに入っている分は、自分たちで洗うそうです。適当に置いてあるタライを持ってきて、さあ洗濯開始です。

洗濯機がないのは不便ですが、靴を脱いでの踏み洗いはなかなか楽しく、童心に返ります。

「あんまりはしゃぐと最後までもたないよ、カズハ」

元気よく洗濯物を踏んでいると、セリアさんに笑われてしまいました。でも楽しい！

「今日はスカートまくり上げても、隊長さんに怒られないですから！」

あれ？　セリアさんが目を丸くしています。

「あんたまさか……レヴィナス隊長の前ではしたないことを？」

あらら、失言でしたか。

ぺろりと舌を出したそのとき、近くにいた方々に声をかけられました。

「なんだい、セリア。その子が預かってるっていう娘さんかい？　紹介しておくれよ」

「あら、隊長さんを引っ張り回したって噂のお嬢さん？」

「どれどれ、この娘《こ》かい？」

「なんだ、ずいぶん可愛いじゃない」

「あれまあ、ビックリしてるよ、あははは」

「えらく細っこい子だねぇ、ちゃんと食べてるかい？」

「そうそう、あたしら見習いな！　あはは」

「ほら、いじめるんじゃないよ、オババども！」

ええと、井戸端のオババサマたちには逆らっては、いけません。

愛想笑い以外できずにいると、陽気なオババサマたちの話題はころころ変わり、明後日の方向へ。

でも誰一人、手が止まってないところはさすがです。

私が呆然としている横で、セリアさんが苦笑いを浮かべながらタライの水を流します。

「ここに来れば、どんなことだって笑い話さ」

二人で全部の衣服を絞り、再びカゴにしまいます。帰りがけには、洗濯屋さんに昨日預けたシーツを受け取り、宿へ戻りました。

そうして洗った洗濯物を中庭に干しながら、なんだかしみじみ。これがノエリアの日常なんだなって、知った気がしたのです。

洗濯物を干し終えると、セリアさんがすっきりした顔で誘ってくれました。

「ご苦労様、カズハ。ちょっとお茶につきあっておくれよ」

「はい、あ、先に行っててください！」

スケッチブックを取りに部屋に戻ってから、食堂へ。ちょうどお茶を用意し終えたセリアさんの前に、昨日描いたラウールさんの絵を差し出します。

「……どうでしょう？　自分ではよく描けたほうなんです」

セリアさんは、驚いた顔で絵に視線を落としたまま、固まってしまいました。気に入っていただけなかったかなと、恐る恐る声をかけると――

「………すごい、あの人だよ。一番いい顔したときのあの人だ」

そう言いながら、微笑んでくれました。なんだか少女のようで可愛らしいです。

「セリアさんにそう言ってもらえて、ほっとしました。よかったら、受け取ってください」

「ええ？　いいのかい、こんな立派な絵を」

「立派じゃないですよ、鉛筆画ですし。でもセリアさんに差し上げたくて、裏は白紙のままにしてありますので」

スケッチブックからその一枚を丁寧に剥《は》がし、セリアさんに渡します。

それはそれは大事そうに受け取ってもらえたので、描いた甲斐があるというもの。

「大切に飾らせてもらうよ。ありがとう、カズハ」

「気に入ってもらえてよかったです。今度はちゃんと色をつけたものを描きますね」

「色も塗ってくれるのかい？　すごいねぇ……そうだ、カズハ。あんた、絵描き屋になったらどうだい？」

「えぇ、私がですか？　無理ですよ、まだ学生で、絵は勉強途中ですし」

突然の提案に、目を白黒させる私。

セリアさんはニコニコ顔で、ちょっと待っててと言い置いて出ていきました。戻ってきた彼女の手には、一枚の紙が。

「これを見てごらん。最近人気の役者だよ」

広げた紙に書かれたのは、男の人の姿絵でした。

薄墨で輪郭が取られており、木版画のようなもので色がつけられています。

派手な襟の衣装をつけていて、横向きできりっとしたポージング。

だけど、どこかコミカルに感じてしまうのは、きっとこの薄墨の線のせい。お世辞にも上手とは言いがたい、硬い線です。

顔を上げた私に、セリアさんは大きく頷きました。

「王都のおえらい絵描き様がどの程度なのかは、さすがに知らないけどね。あとはみんな、そんなものさ」

「…………本当に？」

もう一度、手元の紙をよく見ます。中世のフレスコ画に近いような絵。浮世絵までは昇華されていない、平坦な絵と言いますか。いえ、決してこの絵をけなしているわけではないですよ。

ただ、好きな役者を見たいファンにしてみたら、物足りない気がしますね。

『お前に向いていることをすりゃいい』

そう言ってくれましたよね、ラウールさん。私にも、できることがあるのでしょうか。

「どうだい？　すぐには気持ちが吹っ切れないだろうけどさ。カズハがその気になったら、やってみたらどうかね？　あたしが最初の客になってやるよ」

だから考えてみてごらん、とセリアさんは優しい声で言ってくれました。

確かに、元の世界に帰ることが不可能ならば、ここで生きていく手立てが必要です。

そんなこと、まだ考えられませんでした。でもいつか、真剣に考えなければならないのは確かです。私にもできることを――

取り調べ中に逃げ出したあの日から三日。隊長さんと副官さんとは、会ってお話ししていません。

昨日、私のあとをついてくる兵隊さんが、隊長さんにかわったときがあったのです。しかし、何をどう話していいのかわからず、ただ時間ばかりが過ぎてしまい、気づいたら別の人に交代していたのでした。

そして今日、西隣の街へ続く街道で数件の強盗事件が起こっていることを、セリアさんに聞きました。その事件のせいで、この数日、警備隊の皆さんは大忙しだったようです。

彼らは民衆の命と財産を守るのがお仕事。

さしずめ、街のヒーロー……ということですよね？

ただ、東の街カザールへ買い付けに出かけたままのラウールさんが心配です。セリアさんがおっしゃるには、彼が使う道は事件が起こっている道と方向が正反対だから、大丈夫とのこと。それに兵隊さんも一緒だから、犯人たちはわざわざ襲わないだろうと言います。

日本でも強盗や凶悪事件は起きるけれど、私はそんな事件と関わりなく過ごしてきました。だから私には、何が危険で何が大丈夫なのか、正直よくわかりません。

みんなが無事で済むようにと、ただ願うだけ。

そういうわけで、外出は極力控えるように警備隊の方から言われています。

残念です……

「……なーんて、今は市場に来ていますけれどね。ふふふ」

洗濯に掃除、お手伝いを一通り済ませた昼下がり。

ノエリアの中心部にある、客足もまばらになった市場へ買い物にやってきました。今日の晩には、ラウールさんが帰ってきます。セリアさんが腕を振るって料理するそうなので、楽しみです。

「残念ながら私には、料理のお手伝いはできません。そのかわりに買い出しを任せられました。お店をはじめることは前向きに検討中。そこでついでに、何をどのくらいの値段で売っているのか、

市場調査もしてしまいましょう。セリアさんが提案してくれたように、絵を描いて生計を立てられるか、検討材料が必要ですよね。私ってば、頭いい！　鼻歌るんるんの私の後ろを、渋い顔した色男がついてきますが、気にしません。

「いや、気にしてくれるかな、カズハちゃん？」

「おや、副官さんはエスパーですか？　私の考えてることがわかるとは、あなどれませんね」

「……心の声、駄々《だだ》漏《も》れだよ。自覚ないってすごいね」

「え……駄々《だだ》漏《も》れ？　いつからですか！」

「『市場に来てますけれどね』、あたりから？」

はうっ！　そんなに前からですか！

なぜ、聞こえているにもかかわらず放っておくのですか。おかげで乙女ポイントに、手痛いダメージを負いましたよ。

「そんなことより、忙しいはずの副官さんが私の護衛なんてやっていていいのですか？」

「事件の捜査で部下たちは走り回っててね。人員が足りてないから、仕方なく僕が来たんだよ。ほら、さっさと歩く」

「はいはーい」

いつの間にか先に行く副官さんのあとについていくと、果物屋の前で声をかけられました。洗濯場で顔を合わせたことのあるおばちゃんです。

「あら、カズハ。買い物かい？」

「お手伝いです。今日、ラウールさんが帰ってくるので」

「そうかい、そりゃセリアも張り切るだろうよ！　ところで、今日は隊長さんじゃないんだね」

おばちゃんは、私のそばに立つ副官さんを見て、含み笑いです。

「隊長さんは忙しいのです」

おばちゃんは違いないと笑って、果物をひとつくれました。まるで子供へのお駄賃のようですね。

ここは、ありがたく頂戴します。

そのあとも、行く先々で声をかけられました。皆さん、ちょっとずついろいろなものをくれます。

ほとんどの方の顔と名前はまだ一致しませんが、セリアさんとの洗濯は地味に効果ありですね。

顔を知ってもらうのは、これからここで生活していくうえで大切なことです。元の世界でも、商店街のおばちゃんたちを味方につけると、無敵でした。

「どこまで行く気ですか、こちらですよ」

……おっと。調子に乗って、目的を忘れるとこでした。副官さんの声で振り返り、両手一杯になった手土産《てみやげ》を落とさないよう気をつけつつ、彼の後ろについていきます。

そして、たどり着いたのは市場の端っこ。軒《のき》先に看板だけある小さな店の扉を、副官さんのレディーファースト風エスコートでくぐります。

「……うわあぁ、思った以上です」

様々な色と種類の紙が、ところ狭しと置いてあります。

オランド亭で紙の帳簿を見かけて、かなり期待してはいました。だけどここに来て、いい意味で裏切られたと思います。

いくつか商品を見たところ、基本的にこの世界の紙は和紙に近いよう。厚みにムラが多いのが欠点でしょうか。しかしこれだけ種類があるのでしたら、満足できるものがありそうです。

「いらっしゃい。どんなものを探しておいでかね？」

店主は白髪のおじいちゃんです。店の奥から出てきた彼の姿は、まさに職人さん。大きな厚手の前掛けをして、事務員さんの肘カバーみたいなのをつけています。

「絵を描ける紙を探しています。擦《こす》れに強く、できれば厚手の。それとは別で、水に強いのも！」

「絵か……確か役者絵におろしたのが余ってたか？」

おじいちゃんが探してくれている間に、私は店内を見て回ります。

紙の山の向こうに作業台がありました。そこには、気になるものが……

「すみません。アレ、一枚もらってもいいですか？」

「ああ、かまわんが……」

「ありがとうございます！」

作業台の横にたくさん落ちている紙の切れ端を、一枚手に取ります。それを両手でほぐすように揉《も》んでから、そっと左右に破ってみました。

窓の光に透かして見ると、繊維《せんい》の密度がかなりまばらです。

「うーん、これは改良の余地ありですね」

紙に絵を描くために必要な条件はふたつ。絵の具をのせる表面のなめらかさ、そして均等に絵の具を吸いこむ繊維《せんい》の密度。それらを決定づける作業が紙漉《す》きです。紙作りは専門外ですが、友達のさおちゃんからいくつか教わった方法があります。それを生かして、もっと質の高い紙を作れないでしょうか？

「どうしたの？」

副官さんが聞いてきます。

「いえ、こちらの製紙技術について少々思うところが……。あ、おじいちゃん、ちょっとおうかがいしてもいいですか」

タイミングよく、おじいちゃんが紙をいくつか持ってきてくれました。

「紙はどこで作っているのですか？」

すると、おじいちゃんは後ろを振り向きます。その先は、店の奥。京長屋のごとく奥に広い店の中に、作業場があるようですね。

うん、ラッキー！

にんまり笑う私を、おじいちゃんが不思議そうに見ています。副官さんはどちらかというと怪訝《けげん》そうで、私がなにかおかしなことを考えていると勘ぐっているみたいですね。

とりあえず今日のところは、姿絵用の紙を買って帰ります。あ、お金は心配ないのですよ。実はセリアさんが、ラウールさんの絵の代金にと言って、お金を貸してくれたのです。本当はくださると言っていたのですが、あんな鉛筆画では代金をいただけません。

ということで、いわゆる出世払いでお借りしました！

異世界生活六日目にして、早くも借金です。あははは……

クヨクヨしていても仕方がないので、自立を目指して模索するのであります。

帰りもいろいろなところで声をかけてもらい、あれよあれよという間にお土産《みやげ》が増えました。

なんと、副官さんを荷物持ちに使っております。お使いの買い物もあるので、二人とも両手が塞《ふさ》がってしまいました。

なんだか副官さんがあわれに思えてきます。使っている張本人の私が言うことではありませんが。

「ただいま帰りましたー、セリアさーん？」

あれ？　いないのかな。宿の食堂は静かで、返事がありません。

もう一度セリアさんを呼べば、私たちの後ろ、玄関から青い顔をしたクロードさんが入ってきました。彼は調理場の手伝いをしてくれている人です。

「カズハちゃん？　よかった、戻ってきたんだね。大変なんだ」

「えっ、クロードさん？　今日は確か、もうお仕事上がったはずでしたよね。そんなに慌てて、どうしたんですか？」

「何があった？」

慌てる私を制して、副官さんが冷静な声でクロードさんに問いかけます。

「警備隊から連絡がありまして、セリアさんが呼ばれたんです。そしたら、ラウールさんが街道で行方不明になったという知らせで……」

ラウールさんが、行方不明？

セリアさんはそれで、警備隊宿舎へ行ったまま？

「カズハちゃんはここに、僕は宿舎へ戻るよ」

「私も行きます！」

走り出そうとする副官さんの上着の裾を、ひっ掴みます。勢い余って、副官さんがずっこけました。

「………カズハちゃん、怒るよ？」

「はい、すみません！　でも私も連れていってください。セリアさんが心配です！　私はラウールさんに彼女のことを頼まれているんです。あと、えーっと……私がここで待っているより、一緒に行って、直接他の兵隊さんに交代したほうがいいですよね。それとも私から目を離す気ですか？」

あなたは監視なんでしょう、見失ったら逃げるかもしれないですよ。そう匂わせてみたところ、副官さんはうぐっと躊躇《ちゅうちょ》しました。

「仕方ない、おいで」

彼は言うと同時に、ぐっと私の腕を掴みます。そのまま私は副官さんとともに宿舎へと走り出しました。

——卒倒せずにこの場に立っている自分を、誉めてあげたいのです。

セリアさんと固く手を握り合い、彼女に寄り添うようにして立つ私の目の前にあるのは、血がベットリと付着したあぶみ。あぶみって、馬に乗るときに足をかけるところのことです。

これが血まみれということは、乗っていた人はどういう状況に置かれて、どうなったのでしょうか。そもそもこれは、間違いなくラウールさんの馬のものなのでしょうか。

セリアさんが、恐る恐るあぶみに近づきます。そして息を呑むのを、私は間近で感じてしまいました。

「あの人のものに間違いありません」

セリアさんらしからぬか細い声に、私は心臓を鷲《わし》掴みにされた気分です。

それまでは、目の前の血がまったく現実感のないものに感じられていました。だって、その血を目にしただけでは、ラウールさんを連想しなかったから。

でもこのあぶみがラウールさんのものなら、持ち主である彼の血である可能性が高いわけで……

「状況は未だ不可解な点が多い。捜索隊を編成したいところだが……」

隊長さんはなんだか、歯切れが悪い言い方をします。

それはつまり、ラウールさんを探していただけないということですか？

続けて言う副官さんの言葉は、説明を待つ私たちに容赦のないものでした。

「現在、警備隊は西に向かう街道周辺の盗賊団狩りに、多くの人員を割《さ》いている。残りは街の警備と交代要員のみ。東にまで捜索隊を出す余裕は、とてもないんだ」

そんな――警備隊は街の人を守ってくれるんじゃないのですか？

あまりに驚いて声も出ません。そして私がもっと驚いたのは、セリアさんの反応でした。

「わかりました、いい知らせを待ちます」

隊長さんが、セリアさんにすまないと頭を下げます。

セリアさんは頷きました。でも、私はダメです。納得できません。

「み、見損ないました。ラウールさんは守ってもらえないんですか？　だって警備隊のために、買いつけに行っているんですよ！」

セリアさんに向き合っていた隊長さんが、私を見ます。じっと見下ろす瞳は、私を震えさせるのに充分なほど鋭いです。

でも、負けてはいられません。そう思っていると、ずっと黙っていた副官さんが口を開きました。

「じゃあ、盗賊団に無惨に殺された被害者は捨て置けと？　カズハちゃん」

副官さんの言葉が、私の胸に刺さります。

「……副官さん、違います。それは」

「そういう意味になるよ……」

「やめろ、リュファス」

落ち着いた声で、隊長さんが副官さんを黙らせました。

しかし、私の意見を聞いてくれるわけではないようです。

「今はまだ、オランド亭で待っているように」

「そんな、隊長さん」

私はもう一度説得を試みましたが、セリアさんに止められてしまいました。

「ありがとう、カズハ。でもいいの。仕方がないんだよ、こればかりは」

「それでいいんですか!? セリアさん！」

「あの人なら、きっと大丈夫。あれですごく腕が立つんだよ」

誰よりもラウールさんを心配しているのは、セリアさんのはず。それなのに耐えようとする彼女に、切なくなります。

隊長さんなら、なんとかしてくれると思っていたのに。

「もう、本当にがっかりです、アルフレッドさん！ あなたがラウールさんを見捨てるなんて、思っていませんでした！ 私は見る目がなかったということですね！」

結局、私にできたのは、捨て台詞《ぜりふ》を吐くことだけ。

私だって、本当はわかっています。隊長さんたちだってつらいはず。思わず出てしまった自分の言葉に、我ながら情けなくなりました。

そのあと、帰ってきた私とセリアさんを、クロードさんが心配そうに出迎えてくれます。

誰もいない宿の食堂で、セリアさんと二人、向かい合いました。彼女は、警備隊で聞かされたラウールさん失踪事件の経緯を話しはじめます。

ノエリアから東の隣街、カザールに向かったラウールさんたちは、無事買いつけを終えて街を発《た》ったそうです。しかし、帰郷途中の街道で、血のついたあぶみを残したまま姿を消しました。しかも買いつけで得た品物や馬、兵隊さんたちまで、何もかもが忽然《こつぜん》と消えたのです。

残されていたのは、セリアさんが夫のために刺繍《ししゅう》を施した血塗《ちまみ》れのあぶみと、争ったような足跡、それに何者かの血だまり。

話を聞いて、私の顔から血の気が引きます。

「荷物がないということは、盗賊に襲われたんでしょうか？」

私の問いに、セリアさんはわからないと首を横に振りました。

「盗賊ならまだいいさ、あの人は強いからね。でも魔獣だったら、そうはいかない」

魔獣……って、なんでしょうか。

以前にも耳にしましたが、そのときはそれどころではなくて、聞き流したような気がします。なんでしょう、悪い冗談にしてしまいたい衝動に駆られる、その呼び名は。

「カズハのいた世界には、いなかったのかい？」

戸惑いながら頷くと、セリアさんが説明してくれたのですが、どうにも頭にすんなり入りません。と言いますか、本能が全力で理解を拒否しています。

だって——人を捕食し、野を荒らし、毒を撒《ま》き散らす不浄の生き物がいるなんて。

私の知る元の世界では、人間が他の生き物に問答無用で捕食されることなどありませんでした。食物連鎖の頂点に立つどころか、人はすでに連鎖から切り離された、規格外の存在だったのかもしれません。他の生き物をたやすく排除し、さらに制御する知恵と技術を持つのですから。他の生物にしてみたら、なんて不条理な存在でしょう。

ああ、この世界にとっての魔獣とは、そんな絶対的な生き物ということなのかもしれません。

私がこの世界に落とされ、隊長さんに受け止めてもらったあの日。警備隊の皆さんは、魔獣の大群の討伐に成功した帰りだったそうです。盗賊を取り締まることよりも、魔獣を監視し排除することに重きを置いているのが、辺境警備隊のお仕事。セリアさんがそう教えてくれます。

「それなら尚更、早くラウールさんを探して差し上げないと！」

「だからこそなんだよ、カズハ」

「……え？」

「危険なんだよ。だから簡単に人を遣《や》れないのさ、隊長さんは。いいかい、カズハ。ここは辺境の小さな街。王立辺境警備隊なんて立派に名乗ってはいるけれどね、ここを守るのは、ここに住む男たちさ。隊長さんは、全ての隊員たちの命を預かっているんだよ」

今日、市場で声をかけてくれたおばちゃんの息子さんは、兵隊さんをやっているそうです。洗濯屋のおじさんの、年の離れた弟さんも。街を歩き回る私の後ろに、苦笑いでついてきてくれていた兵隊さんたちは、武器を持って戦う人たちなのです。

今の今まで、私はそのことについてまったく理解していなかったのだと気づきました。

魔獣と対峙《たいじ》するためには、唯一彼らが恐れるというグリフォンの力を借りて、大勢で計画的に追いこむ必要があるのだとか。魔獣は、それだけ危険な相手なのですね。

私はあらためて後悔しました。

「隊長さんに……ひどいこと言ってしまいました」

「カズハがうちの人のために、一生懸命かけあってくれたこと、あたしはすごく嬉しかったよ。でもね、カズハ。ひとつだけいいかい？」

ありがとう、セリアさん。一番つらいあなたに気を遣わせるなんて、最低でした。反省です。セリアさんがおっしゃることはなんでも聞きましょう。

「隊長さんの名前はアルフレッドじゃなくて、アルベリック・レヴィナスだよ」

「…………え」

あれ？　うそ。

あれだけ格好つけておいて、私……名前、間違えてました？

隊長さんにイマイチ決まりきらない捨て台詞《ぜりふ》を放った日の晩。

ベッドにもぐりこんでもなかなか眠りにつけないのは、仕方がないと思います。この世界に来てから数日、本当にいろいろなことがありましたからね。

と言いますか、私、今までよく熟睡できてましたよね？

とまあ、私の適応力自慢はこれくらいにしておきましょう。

眠れないなら、いっそ寝ないことにしました。ベッドから出て、薄手のカーディガンを羽織ります。寝間着はセリアさんからお借りした、いわゆるネグリジェです。

誤解のないよう説明しておきますが、決してセクシーなスケスケではありません。生成《きなり》の綿で織られたワンピースという、非常に素朴なものですよ。ただし、これで外に出たら、恐ろしい顔をした隊長さんに叱られること間違いなしの膝丈ですが。

私の部屋はオランド亭の二階。カーテンの隙間から、ちらちらと光が入りこんできています。どうやら向かいの警備隊宿舎は、今夜は夜警態勢のようです。そっと覗いてみれば、松明《たいまつ》やカンテラが宿舎のそこかしこに灯っています。

きっと隊長さんや副官さんも、まだ起きているのでしょう。

部屋を出て、手すりを頼りに暗い階段を下りはじめると、次第に一階の灯りが届いてきました。

そっと食堂の中を見れば、小さなランタンを前に、セリアさんが座っています。背中を丸め、かすかに震えているのは気のせいではありません。

今まで広く思っていた背中が、ずいぶん小さく見えます。

「ラウール……」

かすれた声で呟き、愛しい人の絵を見つめるセリアさん。

彼女の目から落ちた雫《しずく》が、ランタンの光できらりと輝きます。とても綺麗だけど切ないのです。

私はかける言葉が見つかりません。そっと食堂をあとにしようと、入り口を離れたそのとき――

「ラウール！」

悲鳴にも近い声に驚き、踵《きびす》を返してセリアさんに駆け寄ります。

「どうしたんですか、セリアさん？」

「ああ、カズハ！　絵が、ラウールの絵が！」

私にぎゅっと抱きつきながら、セリアさんが指差したのは、テーブルの上。

そこに投げ出された絵を見て、私は息を呑みました。

なぜなら、ラウールさんの絵が動いていたから。

私が調理場で描いた、ラウールさんの横顔。それが今、白い紙の中で、命を吹きこまれたかのように動いています。

数日前より少しだけやつれてはいますが、精悍《せいかん》な顔つきはそのまま。力強い彼の目は、何かを凝視しています。ラウールさんは少しだけ首をひねり、口を開きました。

『がんばれ、じきに…………が迎えにきてく……。奴らは単独では繁殖不可能だ、この卵は…………しない。耐えろ』

私とセリアさんは抱き合いつつ、必死に耳を澄ませます。私には意味がわからないことばかりですが、彼女は理解できているかもしれません。

そう思って顔を覗きこむと、セリアさんはかなり動揺しています。

「カ、カズハ！　これはあんたの魔法か何かかい？」

「魔法なんて使えませんが、以前似たようなことがありました。でも今はそんなことより、ラウールさんの言葉の意味、わかりますか？」

不思議な現象をまるっきり無視した私に、セリアさんは一瞬、躊躇《ちゅうちょ》します。

そりゃ、そうでしょう。私だって、こんな現象が目の前で起こっているなんてすんなり信じられません。

だけど、動いたのは行方不明中のラウールさん。万が一、絵が今のラウールさんと本当につながっているのだとしたら、これは捜索の手がかりになると思うのです。

「もしかしたら、ラウールは魔獣にさらわれたのかもしれない……」

「そんな……本当ですか？」

「あ、ああ。繁殖、卵がどうとか言っていたから……でも場所がどこなのか」

二人で、再び絵を覗きこみます。

まだ絵は動き続けていました。ラウールさんはぎゅっと口を固く結んで、難しい顔をしています。よく耳を傾けると、かすかに聞こえたのは他の人の声。どうやら、一緒に買いつけに行った兵隊さんたちもいるようで、一安心です。

「セリアさんは、このまま様子をうかがっていてください。私は隊長さんたちを呼んできます！」

「あたしがかい？　なんだか恐ろしいよ、一人にしないでおくれ」

「私では、ラウールさんの居場所の手がかりを見落とすかもしれません。セリアさんが頼りなんです！」

「わ、わかった……気をつけていくんだよ？」

私は頷いて、走り出しました。

隊長さんたちを連れてくるまで、どうかラウールさんの絵が動いていますように。

もつれそうな足を必死に動かし、私は宿舎に飛びこみました。途中で兵隊さんに声をかけられましたが、かまわず隊長さんの執務室まで走り、扉を叩きます。

「隊長さん！　開けてください！」

すぐに扉が開きました。そこにいたのは副官さん。

「どうしたの、カズハちゃん？　若い女性が一人で出歩いていい時間じゃないけど？」

面倒くさい人に当たってしまいました。

絵が動く現象について、彼が知っているのかわかりません。隊長さんに『誰にも告げるな』と言われましたが、『誰にも』がどこまでを指すかは聞いていませんでした。

それに、時間が時間なせいか、後《おく》れ毛が妙に色っぽいのですよ、副官さん。色男は、疲れると色っぽさがさらに上がるんですね、知りませんでした。

「隊長さんに、至急お話があるんです。会わせてください！」

副官さんの隙間から、部屋の中を覗きますが、容赦なく阻まれました。なぜですか！

「隊長は今いないよ。留守は僕が任されている。何があったの？」

そんな……

副官さんに話してもいいのか迷いましたが、ラウールさんたちの命には代えられません。

「絵が、ラウールさんの絵が動き出しました。どうやら、魔獣にさらわれたようなんです」

「……絵が？」

「はい、助けを待つラウールさんが見えたんです。まだつながっているようですが、それもいつまで続くかわかりません」

副官さんは逡巡《しゅんじゅん》した様子を見せたあと、私の腕をがっしりと掴みます。

「わかった、行くよ！」

ええ、もちろんです。

でも、ちょっと気になりますので教えてください！

私が『腕を引っ張られる』このパターンは、いつになったらなくなるのでしょうか⁉

副官さんは走りながら、隊長さんが盗賊討伐に向かったことを、教えてくれました。三十のグリフォンと二十の騎馬を率いて、最前線で戦っているのだそうです。

宿舎を出る手前で、副官さんは部下の一人に何か指示を出します。それを受け、兵隊さんはグリフォンに鞍《くら》をつけはじめました。

松明《たいまつ》に照らされて、翼をはためかせるグリフォン。そのあまりの優美さと力強さに、こんなときにもかかわらず見とれてしまいます。

「おいで、カズハちゃん」

「は、はい！」

はっとして、先を走る副官さんを追いかけ、オランド亭へ。完全に歩幅で遅れを取った私が食堂に飛びこむと、副官さんはセリアさんの持つ絵を見ていました。

「…………これは」

副官さんも、信じられないという顔です。しかしすぐに真剣な表情に変わり、絵を食い入るように見て言いました。

「この場所に、見覚えがある」

「ほ、本当かい？　リュファス坊っちゃん」

えーと、今は突っ込むべきときではないですが、『坊っちゃん』？

戸惑う私には目もくれず、副官さんはもう一度、絵をすみずみまで確認します。

『……かな！　孵《かえ》るはずがない！　落ち着け、まだ殻を破るには時間……』

先ほどよりも緊迫感のある声が聞こえました。そして、ラウールさんの絵は動かなくなったのです。

私とセリアさんは互いに抱きつきながら震えます。

「空が明るくなりはじめたら、兵を向かわせよう」

はじめて聞く、副官さんの低い声。

ラウールさんの背景にときおり見える岩山の形状に、副官さんは思い当たるものがあるそうです。

ラウールさんの話している卵とは、恐らく魔獣が産んだものでしょう。その卵が孵《かえ》ったとき、最初の餌にするために、ラウールさんたちはさらわれたのではとのことでした。

ということは、タイムリミットは卵が孵《かえ》るまで？

「隊長が戻られない場合、僕が出るよ」

セリアさんがわずかばかりほっとしたのを見て、私は体から力が抜け、座りこみます。これで、すぐにとはいきませんが、ラウールさんの安否に希望が持てます。

私とセリアさんは、祈りました。ラウールさんの無事を。副官さんの采配が功を奏することを。

そしてあとは、警備隊の皆さんにお任せするだけです。

深い色だった夜空が薄紅色に染まりながら明るさを取り戻す頃。

食堂の椅子にもたれながら仮眠を取っていたセリアさんが、起き出しました。

お客さんの朝食を用意するために、セリアさんはかまどに火を入れ、仕事をはじめるようです。

下ごしらえは昨日のうちに終えているのですが、パンだけは成形して焼き上げなければいけません。

焼き立てパンを宿の朝食に出すことは、ラウールさんのこだわり。どんなことがあっても守りたいとセリアさんは微笑みます。

私も起きて着替えを済ませたころ、手伝いのクロードさんが来てくれました。

宿の手伝いは彼に任せて、私は朝もやの中、警備隊宿舎に向かいます。すると門塀《もんぺい》を入ってすぐの広場に、五頭のグリフォンが待機していました。体につけられている、鞍《くら》と手綱《たづな》、グリフォン用の革製防具が少し物々しいです。

「あ、副官さん！」

ちょうど宿舎から出てきた兵隊さんたちの中に、副官さんを見つけました。手を上げる私に気づいてくださったようですが、何か慌てた様子でこちらに叫んでいます。

やだなぁ、今日はまだ何もヘマをしていませんよ。

そう思っていると、急に朝日が遮《さえぎ》られて暗くなりました。

「あれ……？　は、ぎゃあぁぁ！」

突風を巻き起こし、大きな影を作る巨大な物体が、突然私のそばに舞い降りたのです。

思わず出た残念な悲鳴は、力強い羽ばたきに掻き消されたことでしょう。

「なぜこんな場所にいる？」

はるか頭上からかけられた声は、あきらかに不機嫌です。

「グリフォンに踏み潰されたいのか？」

それは遠慮したいです、隊長さん！

羽ばたきを数回繰り返し、翼をたたんだグリフォン。そこから降りる隊長さんは、出会ったときと同じ鎧《よろい》姿です。ただ、そこかしこに擦《こす》り跡や土汚れがついています。いくつかこびりつく茶色い汚れはまさか、血でしょうか。腰に携えた長剣もあってか、いつも以上に猛々《たけだけ》しい姿とその表情。かすかに生えた無精髭《ひげ》もプラスで、ナイスミドルに逆戻りです。

街をついてきてくれたときの隊長さんとはまるで違い、今まさに戦いを終えた戦士、なのです。

「カズハ、怪我は？」

私の前に降りてきた隊長さんを、見上げます。

「ありません……おかえりなさい」

「……ああ」

「盗賊さんは？」

「一人残らず確保した」

「そうですか……隊長さん」

「何だ」

「名前、間違えてすみません」

隊長さん、そこで急に微妙な顔しないでください。

副官さんが何かを言いながら走ってくるのには気づいてたようですが、隊長さんはじっと私を見たままです。そして私も。

「カズハ、リュファスから話は聞いた」

「それで、一人で戻ってきてくれたんですか？」

隊長さんはそれには答えず、副官さんに目配せしてから灰色の髪をかき上げます。額ににじむ汗が、朝日に光って見えました。

それだけで、どんなに急いで戻ってきてくれたのかがわかります。

周囲を慌ただしく人が行き来しはじめました。今飛んできた子ではなく、新たに用意されたグリフォンに荷物が積みこまれ、隊長さんと同じように装備をまとった兵隊さんが、グリフォンの横に整列します。

「今から向かう」

「それじゃ、隊長さんは休憩なしじゃないですか」

「一刻を争う」

そのとき、ふと胸に不安がよぎりました。

「……わ、私の絵が間違っていたら？　そのときのラウールさんが見えているわけではなかったら？」

「大丈夫だ」

その短い言葉に、私の中の不安が溶けていくのがわかります。

「なんでそんなに自信満々なんですか？　徹夜明けの隊長さんが無茶をして怪我をするのも、とっても嫌ですからね」

「……………そうか」

「そうか、じゃありません。約束してください、皆さん無事で帰ってくるって」

隊長さんは、朝日が眩しそうに目を細めています。

でも、私には見えているのです。口元がかすかに上がった顔が。

「準備が完了しました」

兵隊さんの声を聞き、隊長さんは再びグリフォンに飛び乗りました。

「行ってくる」

そう隊長さんは言います。

私が彼を見上げていると、飛び立つグリフォンのそばは危ないからと、副官さんに引っ張られました。

「心配いらないよ、カズハちゃん。隊長はあれで、信じられないほど強いから。非常識なくらいね」

私を避難させながら、副官さんが言います。

「私はここの常識なんてわかりません」

だから、不安でした。でもそれは、隊長さんが『大丈夫』って言ってくれるまで。

私たちの目線の先で、五騎のグリフォンが鮮やかな翼を羽ばたかせ、朝日に向かって飛んでいます。

きっと隊長さんは、ラウールさんたちを連れて帰ってきてくれますよね。そうしたら、もう一度おかえりなさいを言いたいです。

グリフォンの姿が見えなくなると、私は警備隊宿舎をあとにしました。

そしてオランド亭に戻ってみたら、これまた大騒ぎでした。

まるで洗濯場が引っ越してきたみたい。顔見知りになったおばちゃんが、なぜかお客さんに朝食を配膳しているではありませんか。

唖然とする私の横を、市場で会った八百屋のおばちゃんが横切ります。

「どいとくれよ、嬢ちゃん」

「あ、はい」

「じゃあ、あたしゃ先に行っとくよ、セリア」

「はいよ、頼んだよ」

大量のシーツを抱えて、おばちゃんが出ていきました。セリアさんも当然のような顔で見送りましたが、朝早く起こされてシーツを剥《は》がされたらしいお客さんが、目を白黒させています。

大丈夫でしょうか……？

「おかえり、カズハ。今日はみんなが助っ人に来てくれたんだよ」

小さな街だから、何かあればいつでもこうして助け合うんだとか。

ああ、だからなのですね。

見ず知らずの私に、みんなは声をかけてくれます。元気かい？　とか、お使いかい？　とか。ちゃんと食べてるの？　なんてのもありました。

私の世界では少なくなった、商店街や田舎《いなか》特有の人情。それがノエリアには溢れているのですね。

ここでなら、暮らしていけるかもしれない。

ううん、私はここがいい。

帰ることを諦めたわけじゃありません。でも、ノエリアを――ここで出会った人たちを愛しく思うのは、おかしいことではないはず。

きっと、なんとかなる。

そう思えた瞬間でした。


今日がいつも通りになるよう、私もセリアさんも、街の人たちの手を借りて過ごしました。思っていたよりも笑い、驚き、失敗もして。ふと気づけば、空は夕焼けに染まっています。

私は夕日に誘われるように、外に出ました。

ついでに、今日も一日がんばったなー、なんて腰に手を当てて上半身を反ってみます。すると、通りの向こうに、大きな影が翼を広げて降り立つのを目撃しました。

きっと隊長さんです。

私が通りを横切ろうとしたとき、たくさんの人たちが馬を引き連れて、街道の西側からやってくるのが見えました。そして反対側から、荷馬車を引いた人影も。街道の両方から、このオランド亭と警備隊宿舎を目指して人が集まってきます。

「セリアさん、セリアさん！」

私は宿の玄関からセリアさんへ叫びます。

宿舎前の広場に恐ろしいほどの数のグリフォンが降り立つ光景は、圧巻です。

セリアさんは、宿から顔を出してラウールさんを見つけると、泣きそうな顔で夕日を背に走り出しました。

彼女を横目に、私はグリフォンの群れに向かって走ります。一際背の高い、暗い灰色の髪を目印にして。

「隊長さん！」

彼は振り返り、澄んだ碧《あお》い瞳を驚いたように見開きました。

「おかえりなさい！」

大丈夫。

その言葉を現実にしてくれた彼。

私は転びかけた体を、大きく開いてくれた彼の腕に思い切り任せたのでした。

翌日、宿屋オランド亭と警備隊宿舎に、平和が戻ってきたようです。

昨日の今日だというのに、ラウールさんは元気いっぱいに怒声を響かせながら、宿舎でパン焼きの指導中です。

うんうん、こうでなくちゃいけません。厳しい指導を受ける兵隊さんたちは、気の毒ですけれどね。

事後処理に追われる隊長さんたちは、とても忙しそうです。その合間、休憩中の兵隊さんたちにまざって雑談に聞き耳を立ててみると、たくさん興味深いお話を聞くことができました。

皆さんの関心も、私と同じようです。隊長さんとラウールさんの活躍が、今日一番の熱い話題でしたから。

盗賊団は、思っていたよりも大規模なものだったそうです。潜《ひそ》んでいたのは幌《ほろ》馬車《ばしゃ》五台に総勢三十人。その中には女性や子供もいて、警備隊の皆さんは憤《いきどお》りを感じているようです。どこからかさらわれてきたみたいなんです。悪い人たちは全員、州都に送られて取り調べを受けるようです。

一方、ラウールさんたちは、みんな怪我ひとつありませんでした。あぶみの血は馬のものだったとか。ラウールさんの元気な姿を確認したセリアさんは、大粒の涙をぽろぽろ。馬はとても可哀想でしたが、おかげで皆さんが助かりました。

魔獣はガルダンという種で、かなり大きな蟻《あり》のような姿をしているそうです。以前討伐しきれなかった幼い雌《めす》が卵を産み、ラウールさんたちを襲ったようでした。駆けつけた隊長さんとラウールさんたちが協力して、三頭いたガルダンを死滅させたとのことです。

荷物はほとんど駄目になってしまったらしいのですが、命にはかえられません。本当に無事でよかったです。

それから、今日はじめて知ったこともありました。

隊長さんは、本当はジルベルド王国軍にいた方なのだそうです。その王国軍って、警備隊とは違うのでしょうか。そのあたりはまだよくわかりません。事情があって辺境警備隊に異動になるのを聞きつけたラウールさんが、つてを使って呼び寄せてもらったのだそうです。

きっと、不正が横行しているノエリア支部を、ラウールさんは見ていられなかったんですね。なんせラウールさんは先々代の隊長さんだったのですから！

元警備隊長『豪腕のラウール』。ロマンスグレーは、やはりただ者ではなかったようです。年は取っても『豪腕のラウール』は健在だな、と街の人々が称えているのをそこかしこで耳にしました。

はっ、そうでした。私は油を売っている場合ではないのです。

大事な用があって、隊長さんの休憩時間を待っていたのでした。多忙の隊長さんを捕まえるべく、さあ、執務室に突撃です！

「たーいちょーさーん！　ふがっ！」

慌てて部屋に侵入、いえ、入室しようとして、体が半分廊下に取り残されていました。自分で閉めた扉に挟まって顔をぶつけ、低い鼻が更に低くなりそうな危機を迎えています。

「……何をしている」

「あ、あははは…………」

不思議そうに私を見ている隊長さんより、副官さんのにこやかなのに呆れ顔……いわゆる『白い目』が怖い。

「今日は時間が取れないと伝えたはずだが」

私は大きな執務机の前に立って、姿勢を正します。

正面には強面《こわもて》の隊長さん、その横の小さめの机には書き物を続ける副官さん。

「手短に、相談があります」

「言ってみろ」

相変わらず、淡々と一言で会話しますね。もう少し会話を広げる工夫をしないと、女性にモテませんよ。隊長さんは独身だという情報をゲットしたからには、そのうち忠告して差し上げます。

「私、カズハ・トオノ。にがお絵屋をはじめます！」

よし、言ってやったのです。

鼻息荒くどうだと胸を張る私に対し、隊長さんは微動だにせず、副官さんは眉間《みけん》に手を添えています。

「カズハちゃん」

「なんですか、副官さん？」

「それは、相談ではないよね？」

「……相談ですよ」

黙っていた隊長さんが、口を開きます。

「カズハ」

「はい」

「言っておくことがある」

すると副官さんが椅子を用意してくださいましたので、そこに腰を落ち着けます。

「落ち人には、必ず監視がつく。今のお前には私がそれにあたる。なぜだと思う？」

「それは……」

最初は、迷子のためのお巡りさんくらいの気持ちでした。拘束されるわけでもなかったし。でも、一週間以上経った今も、兵隊さんはどこに行くにもついてきます。さすがに私でも、ちょっとおかしいなとは思っていました。

「落ち人には『加護』と呼ばれる現象が必ず現れる」

「加護？」

「お前の場合、描いた絵が動き出す現象だと思われる」

あれが、加護？

そりゃあ、役に立ってくれましたが……。加護などとふんわり優しいイメージではなく、どちらかと言えば、ホラーではないでしょうか。

「例えば、幸運。ある者は美声、他には商才や文才。どれも本人の為だけに効果をもたらす。だが、当人たちが自発的に発現させているものではない。よって能力ではなく、加護と呼ぶ。いずれにしても世界から落ち人への、ささやかな贈り物と認識されている」

まだたった二例しかないけれど、確かにお母さんもラウールさんも、私にとって大事な相手。私のために動いてくれたと言われても、決して間違いではありません。

それに、私の意思とは関係ないところで起こったのも、事実です。

「だが、それも常にそうあってくれるかは、誰にも保証できない。だから監視の目は今後もなくなることはないだろう」

それでもいいかと聞かれました。

「隊長さんも副官さんも、私のことをただの小娘としか扱ってないくせに、今さらそんなことを聞かないでください。監視といっても、本当に後ろにくっついていただけじゃないですか」

「そうかい？　道案内もさせたし、荷物持ちだってさせたのは誰かな？」

笑いながら嫌味ですか。意外と根に持つタイプなんですね、副官さん。

「だからです。そんなの街の人たちだってできる程度です。だったら、気にしません。というか、むしろ私からかまってもらいにいきます」

「……そうか。ならば問題ない」

……………え、話はそこで終わりですか。ところで私の一大決心の話は、どうなりました？

「たいちょーさん？　私の相談なんですが」

「言ってみろ」

「はい。実はラウールさんから小さな店舗を借りられることになったんです。それで、私の保護者は隊長さんだから、許可をもらうように言われました！」

「保護者……」

「はい！　さしずめこの世界でのお父さん的立場ですね！」

あら？　軽い冗談でしたのに、予想外にも隊長さんにウケましたか？

うつむいているから表情は見えませんが、肩が震えていますね。遠慮せずに、おかしいなら笑えばいいと思いますよ、副官さんみたいに。

「……許可する。だがラウールには、話があると伝えてくれ」

あれ？　隊長さんの眉間《みけん》にシワが寄っていますが、大丈夫ですよね？


それからの話はトントン拍子でした。

ラウールさんが所有する、小さな住居兼店舗がひとつ空いていたので、そこをお借りすることができました。場所はオランド亭の三軒隣。つまり、すごくご近所です。

私の引越しを知った仲良しのおばちゃんたちが、いらなくなった家財道具をタダでくれました。中には兵隊さんからのいただきものまであります。おかげで当面は困らなさそうです。

ただ、ひとつ問題がありました。

……ここにきて餓死《がし》の危険性が大です。

私、ご飯がまったく作れませーん！

そんな私をあわれんで、セリアさんが提案してくださいました。宿のお手伝いを続ける代価に、賄《まかな》いをご馳走してもらえるそうです。あー、よかった。

さっそく、店舗の奥に小さなテーブルと、自作したちょっぴり不安定なイーゼルを置きました。

今はまだ、壁にこれまで描いたスケッチを飾ってある程度です。まだ軒先《のき》に物を並べられるような店ではないけれど、色とりどりの絵をこれからどんどん足していきましょう。

さて、大事にしまっておいた油彩道具を開くことにします。筆にたっぷり絵の具をつけて、イーゼルに向かい、木の板の木目を埋めるように色を重ねていくと――

――……うん、なかなかの出来かな！」

絵の具はまだ乾いていませんが、我慢できません。

油が垂れる心配はないので、思いきって飾ってしまいましょう。善は急げと申しますし。

「あら、すごくいいじゃないか！」

店の前に立っているとセリアさんがやってきて、今できたばかりのパレットを模した看板を、笑顔で誉めてくださいます。

まだ、お客さんはセリアさん一人。でも今日生まれたばかりのお店で、これからが本番ですよ。

さまざまな人に出会って、この世界でたくさんの笑顔を描くつもりです。

さあ、寄ってらっしゃい、見てらっしゃい！

「王立辺境警備隊にがお絵屋へようこそ！」

第二章　小さな願い

遠野和葉あらため、カズハ・トオノ、二十歳。職業はにがお絵屋、ノエリア滞在歴は二週間。ただいま絶賛、落ちこぼれ中です！

「ひいいぃぃ、もうダメ！　リュファスさんの鬼！」

「人聞きが悪いね。悲鳴はやめてもらえるかな」

一応、にがお絵屋をはじめて一週間。まだまだ軌道に乗っているわけがありません。

だからこそ、なるべく早いうちにと、こちらの世界の一般常識を勉強しているわけですが……

鬼！　鬼なのですよ、この副官リュファス様は。

「私はですね、いっぱい勉強して大学に入ったんです。そう、高校三年の夏には、頭の容量を一生分使い果たしたと言っても、過言ではありません。これ以上押しこんだなら耳からこぼれ落ちるくらいに満杯になっていると、胸を張って主張します！」

新たに知識を入れる余裕は、私の頭のどこにもありません。

「馬鹿なことを。そんなくだらない言い訳が通用するわけがないでしょう。それとも、異世界人はみんな、あなたのようにおバカなんですか？」

「失礼なことを言わないでください。元の世界と同じところもあるのに、微妙に違う部分もあるからかえって覚えられないんですよ」

私は机の上に広げたノートに、顔を突っ伏しました。

落ち人に与えられる加護は、非常に中途半端です。

言葉は通じるけれど、読み書きはできません。文字はおいおい覚えるとしても、暮らしていく上で知らなくてはならないことが、意外と多いのです。だからこうして、リュファスさんの仕事の合間に口頭で教えを請い、日本語でノートにメモしております。

……でも。

たとえば、お金の数え方ひとつ取っても、慣れるのに時間がかかりそうです。

貨幣の単位はジルベルド王国独自の『ベリル』。ベリルは、元の世界でいうエメラルドのような宝石のことです。加工したベリルと主食の麦を交換していた大昔の名残りで、通貨単位になっているとか。お使いで何度か買い物をした感覚では、一ベリル約百円換算くらいではないかと思われます。市場では主に量り売り、もしくはひとカゴいくらのまとめ売り。余った分は近所の奥様方と物々交換するのが、これまたお得で楽しみでもあります。

それだけなら、なんとか。しかし面倒なのは、もう一種類の通貨が、数は少ないものの存在するということです。それが隣国ベルクムント王国の貨幣『ロア』。ここノエリアは国境が近いため、貿易の際に入ってくるものの、実は隣国と仲が良くはないので、あまり歓迎されていない模様。五ロアが大体一ベリルに相当します。

お客さんがどちらの通貨を出しても、対応できるのがここノエリアの商店の必須条件です。それに物価や税金の仕組みなど、お金に関することだけでも勉強すべきことがいっぱい。

商売をするからには知らないでは済まされません！

……だそうです。はい、リュファスさんのお言葉ですよ？

そんなの、少しずつ覚えたらいいよね、なんて軽く見ていました。ごめんなさい。

「……だけど、言わせてもらいたいのです。この色男さんってば、綺麗な微笑みを浮かべながら、抜き打ちテストなどという、恐ろしい所業に出たのですよ。テストだなんて信じられません！　ティーンエイジャーの頃の悪夢が再来です。あなたは鬼か、悪魔か……いえきっと、生粋《きっすい》のサディストかつ変態です」

つい想いの丈が口からあふれ出てしまいました。……ああ、口は災いの元。

「誰が変態なのかな？　いっそ、その口を縫《ぬ》えばいいのにと思うくらい、心の声が駄々《だだ》漏《も》れだね、カズハちゃん。なんなら淑女教育もついでに受けるかい？」

人を凍りつかせるような笑顔とは、こういうことを言うのですね。

リュファスさんの琥珀《こはく》色の瞳が冷え切っています。

そこへ、ナイスなタイミングで救世主がいらっしゃいました。この空気を変えてくださるなら、誰だろうとウェルカムです。

そんな救世主はここが隊長さんの執務室なだけに、一人しかいませんが。

「わー、お帰りなさい。リュファスさんがスパルタなんです、助けてください、隊長さん！」

今日の定時訓練とやらが終わったのですね。隊長さんが汗を拭いながら執務室に入ってきました。

私はあわてて彼に駆け寄り、後ろに隠れます。

突然私たちのやりとりに巻きこまれても、ぴくりとも表情を動かさない隊長さん。私とリュファスさんを見比べてから、使わせてもらっていた応接テーブル上のノートを持ち上げ、私に問います。

「で、これは？」

「ぎゃー、それはちょっと……いえ、決して勉強が嫌になって息抜きしたわけじゃないんです！」

取り戻そうと私が手を伸ばしたノートを、横から奪い取ったのはリュファスさんでした。

そのページに描いてあるのは、鬼教官ぶりを発揮した瞬間のリュファスさん。……だって、色男が乱れる場面ですよ。つい描きとめてしまうのは、もう私の本能です。

しかしながら……あああ、詰みました、私。

その落書きを確かめたリュファスさんの眉がぴくりと動くのを、見てしまいました。

「助けてください、ア、アル……アルフォンス隊長！」

「……私はアルベリック・レヴィナスだ」

あ、間違えた……あははは。

私は、救世主だったはずの隊長さんからも、逃げ出すことにしました。


警備隊宿舎を出ると、買い物に行くセリアさんに出くわしました。そこで私は強引にお使いを買って出て、昼下がりの市場へ向かいます。

副官さんのスパルタ講座は、本日は終了。

逃げたのをごまかしているわけでは、決してありません。副官さんの仕事の時間もありますので、あらかじめ決まっていたことです。……これは本当ですよ？

ああ、それにしても、早くあの授業を修了せねばなりません。

普段は優しいのに、講義をはじめると怖くなる副官さん。このまま続けられたら、ストレスでハゲてしまいそうですよ。

誰がって？　私ではなくリュファスさんです。せっかくの美しい彼の栗毛が、将来的に先細りするような危険を冒すことは、本望ではないでしょう。

というか今のところ、憂《うれ》いある未来しか思い描けません。ちょうどあんな……サバンナのようになりつつある、肉屋店主の頭皮のごとく。

「だから言ってるだろう、金のないやつには売れない。うちは慈善事業をやってるわけじゃないんだ。ほら、行った行った！」

「でも先週はちゃんと払ったじゃない！　あとで必ず払うから」

肉屋の店主は、売り物の猪豚《いのぶた》さんと仲良しに見える恰幅のよさなのです。

それはともかく、何かトラブルでしょうか。

今日のお使いは、セリアさん特製パイに使うお肉の買い出しです。店に入ろうとしたところで通りすがりの人とぶつかり、私はとっさに避けられずに尻餅をつきました。

「いったーい」

「ごめんね、お姉さん！」

ぶつかった相手は、元気のよさそうな黒髪の少年。彼は急いでいるようで、振り向きざまに謝ったきり、走り去ってしまいました。

店しか見ていなかった私も悪いかなと、すぐに立ち上がって砂埃を払います。少なくない人通りでいつまでも座りこんでいては、恥ずかしいですから。

「なんだ、オランド亭の居候嬢《いそうろう》ちゃん？　そんな何もないところで転んだのか」

当然ですが、店主にはバッチリ見られちゃいましたね。

「もう居候《いそうろう》じゃないですし、私の名はカズハですよ」

「はっはっはー、まだまだ半分居候《いそうろう》みたいなものだろ？　そういや、隊長の名前は覚えたのか？」

「……うう、それは聞かないでください」

再び、通りに響きわたるくらいの大声で笑い飛ばされました。肉屋の店主は、話してみると気のいいおじさんなのです。オランド亭とも懇意にしているせいか、余計なことが筒抜けなのはいただけませんが。

店内に入ると、先客の少女と目が合いました。

彼女の目が私を睨《にら》んでいるように見えます。ええと、なぜなのでしょう？

私がたじろいでいると、おじさんが少女を見て高笑いをやめます。

「まだいたのか？　商売の邪魔だ、出直してきな！」

「……この、わからず屋の頑固親父《おやじ》！」

「何を！」

店主が真っ赤な顔して見下ろす客は、まだ十二、三歳ほどの少女です。少し汚れてすりきれたワンピースに、黄ばんだエプロンをつけています。茶色いおさげは後《おく》れ毛ひとつなくきちっと結ばれていて、神経質そうに見えました。

そして何より、私をキッと睨《にら》む瞳は、まるで燃えるような赤を帯びた色で、とても綺麗なのです。

……あれ？　私、また睨《にら》まれています？

「どきなさいよ、この余所者《よそもの》」

「わっ」

彼女に突き飛ばされ、私のお尻は再び地面につきました。

「こ……こら！　なんてことしやがる、おい！」

店主が怒鳴りますが、少女はすぐに、店を出てしまいました。私は唖然と見送るしかありません。

少女を追いかけようとして、でもすぐに戻ってきた店主のおじさん。彼に手を貸してもらい、ようやく私は立ち上がりました。

「すまなかったな、お嬢さん」

再びスカートを払う私に、店主は本当に申し訳なさそうです。

「おじさんのせいじゃないですよ。よく知っている方なんですか？」

「ああ、親父《おやじ》さんをな。あれは娘のカーラ。カーラ・ブリュネといって、今は修道院の手伝いをしているそうだ」

「その修道院のお使いだったんですか？」

おじさんは渋い顔をします。

「ああ。そうだが、使いで預かった金をなくしちまったとかでな」

「じゃあ、困ってるんじゃないですか」

「本当なら、なんとかしてやりたくもなるけど……前にもあったんだよ。カーラが使いに出たときに限って、金がなくなる。しかも、うちだけじゃないって噂だ。ツケなんて受けられねえ」

そう言われ、店に入る前のやりとりを思い出します。

「でも、お使いにきて品を買えないんじゃ、困るでしょう？　どうするのかな。落とし物なら届けを出したほうが」

「金を落として出てくるもんか」

「あの子、叱られちゃいませんか？」

「どうだかな……でも、なんと言われようが、金がなきゃ肉は売れねえ。街の連中はみんな、噂してる。親父《おやじ》のように、横領に手を染めてなきゃいいがってな」

また、横領の話ですか。以前、ラウールさんから聞いた件ですね。

「では、あのカーラさんのお父さんは」

「ああ、警備隊の書記官をしていたギュスターヴ・ブリュネだ。元だがな。さあ、悪かったね、お嬢さん。注文はなんだい？」

おじさんがどことなく悔しそうに言うのは、半年前の事件が街の人たちにとって、まだ過去のことにはなっていないからでしょうか。

少しだけ気になりつつも、頼まれた買い物を済ませることにします。

「はい、セリアさんからメモを預かってます！」

メモを見た店主が、新鮮な肉を何切れか秤《はかり》にのせて量ってから、笹《ささ》のような葉に包んで差し出してくれました。

私はエプロンのポケットから財布を出して、支払いを……

財布を出して………？

え……ない？　財布がない！

「うそー！」

今、私の顔はきっと真っ青です！

なんて日なのでしょう。リュファスさんに叱られ、見知らぬ少年に突き飛ばされ、少女に睨《にら》まれ……。極めつきが、財布の紛失とは。

あ、ははは……

さて、目の前の赤ら顔の猪豚《いのぶた》風店主には、どう伝えるべきでしょうか。悩んだものの、ないものはないのです、正直に言うしかありません。恐る恐る伝えると……

「そりゃ、いったいどういうことだ？」

店主は猪豚《いのぶた》のごとき体格からか、それはもう素晴らしい発声です。大通りにさぞ響いたでしょう。どういうことか、私も知りたいです。店主の怒りに押されて、そんなことは言えませんが。

とにかく、もう一度よく思い出してみましょう。セリアさんに渡されたお金は、確かに自前のケロちゃん財布にしまい、ポケットに入れました。

「……そうだ、お金と一緒に財布も！」

当然ですが、大事なケロちゃん財布もなくなりました。あれは中学生の頃から大事にしていたものなのに。緑のフェルトでできたカエルの顔に、くりっと可愛いお目め。後ろのファスナーには、赤い花飾りがついていて、とてもキュートなんですよ。

それに、なんといっても、数少ないあちらの世界での私物です。どうしてもなくしたくありません。

手がかりのヒントを探るべく、ここまでの自分の行動を思い起こします。

まず、セリアさんにお金とカゴを受け取って、すぐにオランド亭を出ました。そこで兵隊さんに見つかり、どこへ行くのか尋ねられたのです。だからこう答えてみました。

「特別な、お、と、め、の、買い物ですよ。実は私も恥ずかしいんですが、アレがないと私、とっても困るんです。ですから、勇気をふりしぼって買いに……兵隊さんは、ご一緒なさるのですか？」

「あ、いや、その」

上目遣いで言ってみましたら、栗毛の若い兵隊さんはオロオロしてて可愛かったです。そして一人で買い物に行くのを許されました。

もちろん軽い冗談でしたが、お使いが恥ずかしかったのも事実。だってまだまだ、小さな子の「はじめてのおつかい」みたいなので。

だから最後に調子に乗って放った言葉は失敗でした。

「そういうわけなので、アルベルトさんによろしくお伝えください」

「……それを言うなら、アルベリック・レヴィナス隊長です」

「……あら、うふふ」

そんな感じで、ミスは笑って切り抜けました。

「そういえば、誤解した風の兵隊さんも頬が赤かったけど、どんな誤解をしたのか気になります。ま、いいや。おかげでストーカーなしのおつかいになったわけですし」

「それで財布なくしてりゃ、世話ないな」

――突然、肉屋の店主の声が聞こえましたよ。

「……あれ？　なぜおじさんが私の回想に参加？」

「お嬢さん、いきなり百面相《ひゃくめんそう》して、喋り出したんじゃねえか」

……またやってしまいました、回想の独り言。おじさんに、すっごいあわれみの目で見られています。でもまあ、説明する手間が省けてラッキーですね。

「そういうことでして、ここに来る直前まで確かにあったんです。だって、斜め向かいの串焼き屋さんの前までは確認できていました。ゆうに三分は立ち止まってポケットの財布を握りしめ、買い食いの誘惑と戦った果てに勝利したのですから！」

激闘の末の勝利に、ガッツポーズをキメてみせます。

「本当なんだか」

店主は疑いの眼差しを向けてきました。

「本当ですよ！　それでそのあと、こちらに入る直前で…………ああー！」

「どうした？」

「そうです！　転んだんですよ。見知らぬ少年とぶつかって、突き飛ばされたせいで！」

「そういえば、尻餅ついてたな」

店主も思い出してくれたようです。彼は慌てて店先に出て、通りを見渡しました。

「ねえぞ？」

「私が言いたいのは、落としたってことじゃないです。その少年が財布を盗った可能性もあるかと」

その瞬間、店主の表情が再び怪訝《けげん》なものに変わります。恐らく信じていないのでしょう。

「子供がスリたぁ、信じられねぇな」

「年齢で断定できませんよ。顔もちゃんと見ました。背の高さは私の肩くらいで、細身の男の子。年はたぶんカーラさんくらいで、黒髪で目は青紫色です。右頬にちょっとセクシーな黒子《ほくろ》がある、将来色男候補な感じかな。服装は……あぁっ、もう面倒くさいから紙を貸してください！」

店主の使い捨てた帳簿用の紙とペンを借りて、少年の特徴を思い出しながら描きます。

このカズハさん、風景や静物よりも人を描くのが得意なんですよ。

……できた！

「どうですか、わかりますか？　けっこう似てると思いますよ」

走り描きした紙を差し出すと、店主が恐ろしく赤い猪豚《いのぶた》顔になって震えています。

「こいつがスリなんて、するわけがないだろう！」

「え、でも」

彼の豹変《ひょうへん》ぶりがあまりのことで、私は何が起こったのかわからず、言葉も出ません。

おじさんは私の肩を掴んで、店の外に押し出しました。

「帰ってくれ！　金がねえなら、物は売れない！」

え、ええぇっ？　何がどうしてこうなったのでしょう!?

「ちょっと待ってください、どうしてそんなに怒っているんですか？」

買えないのは仕方がなくても、怒らせた理由がわからなければ、謝りようがありません。

おじさんの怒声に、店の外は静まりかえっています。これはもしかしなくとも、最悪の状況というやつでしょうか？

咄嗟《とっさ》に助けを求めようと、ぐるっと市場の人たちを見るのですが。なぜか目を逸《そ》らされますよ。

うそ、なんでー？

「ニコラのことを知りもしないで、お前の財布を盗んだなんて疑うからだ！」

「あの、私はただちゃんと調べてもらいたいだけで……」

「余所者《よそもの》のくせに、余計なことをするな！」

「よそ……も、の」

また、この言葉です。

ニコラの名がおじさんの口から出ると、周囲がざわめいていました。あの少年が彼らの中で、どんな立場なのかはわかりません。ですが少なくとも、『余所者《よそもの》』である私とは違う。私の言い分は聞く価値がない、ということでしょうか。

体からすっと血の気が引いて、指先から冷たくなってきます。両手を握りしめていると、不穏な空気を裂くように声をかけられました。

「なんの騒ぎだ？」

「……たいちょう、さん？」

怒りに赤くなっていた店主も、声に驚いて振り返ります。

どうしているんですか、隊長さん。なんで、こんなタイミングで来るかなぁ、もう。

絶対、泣きたくないのに。

「何があった？」

私のそばに来た隊長さんに尋ねられました。同時に、店主がびくりと体を揺らします。

「私、セリアさんに預かったお金を、なくしてしまったんです。お肉を注文してから、そのことに気づいて……」

「……それだけか？」

無言で何度も頷くと、隊長さんが私の腕を掴んで引き寄せます。

「店主、カズハの不始末は私の責任だ。私からも詫《わ》びよう」

「い、いえ！　そんな」

「では、他に何もなければ失礼するが」

店主は恐縮しきりで、隊長さんの申し出を了承すると、店に戻っていきました。

そして隊長さんはというと、黙ったまま遠巻きに様子をうかがっていた市場の人々に、目配せをします。すると、まるで何事もなかったかのように、みんな散っていくではありませんか。

すごいです。隊長さんの無駄にいかつい人相に、こんな使い道があったとは。

なんだかもう、力の入らない声で笑うしかありません。

そんな私を引っ張って、隊長さんは歩き出します。

市場を抜ける前、よくお駄賃をくれる果物屋のおばさんと目が合いました。でもそれは一瞬のこと。次の瞬間、とてもばつが悪そうに目を逸《そ》らされてしまいました。

皆さんが優しいから、私、勘違いしていたのかな。

ここは人情味あふれる田舎街《いなか》。でも、みんながお互い優しくし合うのは、ほとんど顔見知りで家族みたいなものだから。家族を大事に思うあまり、排他的になることもあるのでしょう。

彼らにとって私は、ぽっと出の信用に足らない余所者《よそもの》。

セリアさんや隊長さんにおんぶに抱っこなのですから、それは仕方がないのでしょうが。

どうやら私、手痛い洗礼を受けた模様です……

これはへこみます、さすがに。

前を行く隊長さんは、私を振り返らず、歩幅を緩めることもありません。

いつものように腕を掴まれて、小走りになりそうなのを精一杯こらえてついていきますが、長いスカートの裾が足に絡みます。早く市場から離れたい気持ちもあり、何度も転びそうになりながらも必死に追い縋《すが》りました。

そして、ようやく宿屋オランド亭が見えたとき。

私は我に返り、隊長さんを引き戻すようにして立ち止まります。

隊長さんは振り返ると、じっと私を見ました。

「お使いすら、できませんでした。今からでも、もう一度……」

もう一度ちゃんと謝って……ああ、駄目です。そもそも、預かった大切なお金をなくしまったのでした。

「カズハ」

隊長さんを見上げると、碧《あお》い瞳は呆れた風ではなく、それでいて優しくもありません。

ただ、いつも通りにまっすぐだから、私の固く縮こまった心が溶けはじめます。

「大丈夫だ」

全然、大丈夫じゃないですよ。あふれそうな涙をこらえるのに必死で、お返事すらできない。

「話は聞く」

多くは語らない隊長さんに、今日は助けられます。まっすぐな瞳で、態度で、私をただの余所者《よそもの》と切り捨てないと、言ってくれているみたいです。

私はようやく頷くと、隊長さんと一緒にオランド亭へと入りました。


「本当に、すみませんでした」

セリアさんとラウールさんに食堂で向かい合わせに座ってもらい、今日の出来事をなるべく感情を抑えて、詳しくお話ししたつもりです。私の謝罪を聞いたお二人は、あっさり許してくれました。

しかし、私は肉屋のおじさんの言葉が忘れられません。

確かに私は余所者《よそもの》かもしれませんが、セリアさんたちは違います。私のせいで、お二人と肉屋の店主との関係が悪くなってしまっては、困るのです。

「お手伝いしたかったのですが、かえってご迷惑をおかけしてばかりで、ほんと……」

せめていつものように、明るく笑っていられたらよかったのに。駄目、みたいです。

顔は笑えても、涙がついあふれてしまいました。

「カズハ、やっぱ俺は許せねぇ」

「ちょっとあんた、何を？」

ラウールさんの言葉に、セリアさんが慌てます。

「いいんです、セリアさん。ラウールさんのお怒りはもっともです」

「勘違いするなよ、カズハ。許せねぇのはお前じゃない。そうだよな、アルベリック？」

後ろに黙って立っていた隊長さんを振り返ると、彼は頷いていました。

へ？　なんのことです？

私とセリアさんには、話が見えません。二人で首をかしげていると、隊長さんが説明してくれました。

「カズハの財布を含め、本日付けで計二十六件も紛失届が続いている。紛失物は主にカバン、財布等金目の物。一方で、拾得物の届けが二十二件だ。金品の入ってないカバン等、手荷物品。ほぼ紛失届分に該当した。極力届けを出すように伝えて回ってはいるが、まだ漏れがある可能性もある」

え……？　わかりにくいものの、つまり……？

「カズハは役に立ったってことだ」

貫禄充分のラウールさんがニヤリと笑うと、悪い人にしか見えません。ぜひやめてほしいのです。

「ここ三ヵ月、こんな事件が頻発していてな。その間煮え湯を飲まされ続けていた警備隊の面子《めんつ》が、かかってるってこった。カズハの推測通りなら、一連の事件に片がつくかもしれない。そうだろう？」

ラウールさんが問いかけると、隊長さんは頷きます。

「ああ」

「本当、ですか？　私の言葉を、信じてもらえるんですか？」

「信じる」

隊長さんの、あまりのアッサリとした返事に拍子抜けしました。オランド夫妻もまた、当然と言わんばかりに見てくれています。

「だって……私、ぽっと出の余所者《よそもの》ですよ？」

「だから？」

隊長さんに聞き返されました。

「だから、誰にも信じてもらえなくても、仕方ないのかなって」

「カズハ、それは間違いだ」

隊長さんはスッと私の頬を撫で、涙を指で拭き取ります。

「私を呼びにきた者がいた」

頬をかすめた指と、隊長さんの言葉。どちらにも驚いて、涙が引っ込みます。

「見回り中、市場の入り口を通り抜けようとしたところで、果物屋のエルザに呼び止められた。カズハが大変だと」

「…………え？」

エルザって、果物屋のおばさんのことですか？　だって、おばさんには目を逸《そ》らされましたよ。

でも、じゃあ……おばさんは、わざわざ隊長さんを呼んでくれたんですか？

一人で切り盛りしているお店を空けてまで？

ふいに、冷たかった指先に血が通う気がしました。さらに隊長さんの言葉で、確かな温かさを取り戻します。

「だから大丈夫だ」

「は……ははっ、隊長さん、言葉が短すぎ」

なんだか、どっと力が抜けました。

うん。隊長さんの言う通りですね。

きっと、大丈夫。最初は上手くいかなくて当然です。

それでも、隊長さんやラウールさんにセリアさんがいてくれます。おばさん……エルザさんも。

「私、果報者ですね」

「単純だな」

その瞬間、隊長さんの表情が変わりました。

――とりあえず反則です、その笑顔は。

隊長さんの言葉に、ラウールさんは違いないと大笑い。

「ありがとうございます、アルフリードさん」

「アルベリックだ」

「………あ」

せっかく場の空気が温まっていたのに、私のミスでマイナス一度です。


隊長さんの貴重な笑顔を見られた翌日。私はセリアさん特製パイをお弁当に、スケッチハイキングと洒落《しゃれ》こみました。

ちなみに特製パイの材料は、申し訳ないことに、結局セリアさんに買いにいってもらったのでした。

スケッチの目的は、街外れに広がる田園風景。

ノエリアの街は市場が中心に栄え、そこより南部に街道が通っています。宿屋オランド亭と警備隊宿舎は街道沿いにあり、街の役所や寺院は市場の北側。街の造りって、意外とどこも同じようなものですね。私の住んでいた市も似たような配置でした。

ここがどこかといえば、街の北部に位置する寺院の手前。北側に小高い丘があって、石垣の細い道が丘の上まで伸びています。丘の上に、小さな石の建物。見下ろすと周囲には畑が広がり、揺れる小麦色の穂がのどかな田園風景を作り上げています。

周囲を見回すと、今は誰もいません。ですから勝手に石垣に腰を下ろして、画材道具を広げました。こちらの世界ではまだ絵の具の調達ができていないので、鉛筆やペンでのスケッチで節約しています。それでも売り物を揃えるために、風景画を増やしてみようと思います。

基本は対面で、にがお絵を描く仕事がしたいのです。でも、どんな絵を描くのか知ってもらうためにもいろいろな絵が必要なので、がんばります。

鉛筆で薄く線を引き、ペンで描きこみ。そして練り消しゴムで鉛筆の線を消して、再びペンを動かしていると……

「あんた、こんなところで何してるのよ！」

絵から目線を上げた先で、茶色いおさげに赤茶の瞳の少女が、仁王立ちしていました。

勝ち気な表情は、明らかに私に向けられています。

昨日までの私は弱々《よわよわ》でしたが、今はもう誰にも怯むことはありません。ふふふ、新生カズハに脱皮したのです！

……あ、脱皮はちょっと格好よくなかったような。でも、まあ、いいや。

「こんにちは、カーラさん。今日もお会いできるなんて、奇遇ですね。絵を描くのが私の仕事なんですよ、ご覧になりますか？」

ねぇ、カーラさん。お話しして、仲よくなりましょうよ。

だけど期せずして、私の声かけは思い切り怪しげになってしまいました。

警戒心まる出しのカーラさんは、昨日と変わらず質素なワンピースとエプロン姿。少しだけ違うのは、今日はロングブーツを履いていることでしょう。

「今日も市場にお出かけですか？」

「あんたには関係ないでしょ！」

おっと、いい反応ですね。反抗期かな？

「私は、カズハ・トオノといいます。二度目ですけど、はじめまして」

「あんた、変な人ね」

「はい、よく言われます」

カーラさんは私を置いて、畑に入っていきます。

麦が穂を光らせる脇にはたくさんの野菜。次々収穫するカーラさんによって小さいカゴが埋められていくのを見ると、私もうずうずしてきました。

「ねえ、私も手伝っていいですか？」

「あんたね、返事聞く気ないでしょ！　ああ、もう。勝手に畑に入ってるし……。それはまだよ、こっちの芋《いも》を抜いてちょうだい」

任せてください、芋《いも》掘りは得意です。葉野菜はどれもこちらの世界独特のもので扱いがわかりませんが、芋《いも》は見慣れたものに似ているので安心です。

元々園芸は好きで、小さな頃からよく手伝っていました。家庭菜園の一角に、私専用コーナーを獲得するくらいには。そろそろ、春に植えた茄子《なす》に花が咲き、最初の実を収穫しているはず。みんな、元気にしているでしょうか。

「ああ、その綺麗なのは採らないで。明日収穫して市場に売りにいくの。キズがあると高く買い取ってもらえないから、触らないようにね」

「これ、売り物なんですか？」

「そうよ、出来のいいものは売って、残りは子供たちが食べるの」

「子供たち？」

聞くと、何も知らないのね、とカーラさんは呟きます。スカートの砂を払いながら、呆れ顔です。

「そういえば、あなたが噂の落ち人？」

「はい、そうみたいです」

「………レ、レヴィナス隊長に助けられたってのも、本当？」

「はい、それはもう見事に」

「そう」

カーラさんは私から目線を逸《そ》らして、つっけんどんな口調です。

そんな態度のカーラさんを可愛いと感じてしまった、私。なんだか気持ちいいといいますか、癖になりそうです。

それはともかく、やはり隊長さんに対しては、思うところがあるのでしょうか。彼女のお父さんを含めた警備隊の罪を告発したのは隊長さんだと、ラウールさんが言っていましたから。

「ええと、そういう事情なので、すみません。いろいろと教えてください」

話題をかえたのが、あからさまでしたでしょうか？　カーラさんは少し不機嫌そうにこちらを見ましたが、「仕方がないわね」と思い直したようでした。

「修道院は孤児院を経営しているのよ。ここは小さな街で特別裕福なわけではないから、どの家も、親のいない子供を養う余裕なんてない。身寄りがない子は孤児院で育てられるの。だけど、修道院だってたくさん寄付をもらえているわけではないわ。だから、こうして少しでもお金を稼いでいるのよ」

十三歳のカーラさんが暮らしているのは、修道院に併設された孤児院なのだそうです。修道院にも入れる年らしいのですが、今はまだ大人のいる修道院よりも、子供たちと一緒に暮らすほうがいいだろうと勧められたとか。

その配慮は、お父さんのことが影響しているのでしょうか？　十三歳って、中学一年生でしょう。彼女がやけに大人びて見えるのは、いろいろと苦労があったせい？

半年前のことがきっかけで、お母さんは隣街に引っ越し、働いているそうです。カーラさんがノエリアに残っているのは、彼女の意思。隣街でカーラさんを待っているお母さんは学校に行かせたがっているようですが、カーラさんは考えがあって、学校を休み孤児院を手伝っているみたい。

「孤児院では大勢の子供が生活しているのですか？」

「今は十人よ、でも前はもっといたわ。そんなことより、手伝う気あるの？　ほら、手を動かしなさいよ」

おっと、叱られました。

赤い芋《いも》の土を丁寧に払い、あとはさやえんどうに似た豆や、竜の髭《ひげ》みたいな葉野菜を収穫します。

髭《ひげ》のような野菜は、見た目はアレですが、塩気が少しだけあり、食べてみたらおいしかったです。

だけどつまみ食いがカーラさんに見つかって、また叱られてしまいました。反省しないと。

一通り収穫を終えると、野菜がカゴからあふれそうになっています。

これを抱えて丘を上るのは大変だなぁと思った瞬間、私はいいことを思いつきました。

「カーラさんはこのあと、孤児院へ戻るんですよね。……私もお手伝いにいってもいいでしょうか？」

「手伝い？　あなた、何かできるの？」

「ええと……肉体労働なら、たぶん」

怪訝《けげん》そうに見られたものの、了承を得てカーラさんについていくことになりました。

寺院は小高い丘の上です。麦の段々畑の間を縫《ぬ》うように上がった先に、大きな寺院がそびえ立っています。その手前の、小さめの鐘がついた塔のある建物が修道院で、寺院の方々が生活するためのもの。それよりももっと小さめの建物が、細い脇道の先に見えました。

赤い屋根と蔦《つた》が絡まる煉瓦《れんが》色の壁が印象的なおうちが、孤児院。

二人で野菜の入ったカゴを持って、修道院の裏口から厨房《ちゅうぼう》へ届けます。途中の廊下で、カーラさんは声をかけられました。相手はなんと、私の追い求めていたその人です。

「遅いから探したよ、カーラ」

「ニコラ！」

黒い髪の利発そうな少年がいました。

ふっふっふ。ケロちゃんについて知っていたら、教えてもらいますよ！

「どうしたの？　ニコラ。何か用があったかしら」

「時間になっても戻ってこないから、心配したんだ」

「ごめんなさい。でも見て、今日はこんなに収穫があったのよ」

カーラさんはニコラ君に駆け寄ります。収穫した野菜を見せて微笑む彼女に、十三歳の幼さが見てとれました。彼はカーラさんにとって気のおけない相手なのでしょう。

「すみませんでした、カーラさん。私のせいで時間を無駄にしてしまいましたね」

私がそう言えば、さも今気づいたかのようにニコラ君がこちらを向きました。彼の表情は、「なんだこいつ」と怪しげなものを見るかのようです。

そんな少年と私の間を遮《さえぎ》るように、カーラさんが割って入りました。

「この人はカズハ。収穫を手伝ってもらったのよ、ニコラ」

「へえ、そうなんだ？」

ニコラ君は、何が珍しいのか、私をジロジロと頭のてっぺんからつま先まで観察します。そして、愛想のいい笑みを張りつけました。

「はじめまして、僕はニコラ・ガスティネル。カーラにこんな知り合いがいたなんて、ちょっと驚

いたよ。お姉さん、見ない顔だね」

「私はカズハ・トオノ。はじめまして。ノエリアに来て、まだ二週間ですから」

「へぇ、道理で。カーラに親切にしてくれてありがとう。でもカーラ、余所《よそ》から来た人と仲よくなっても、きっと後悔するよ？」

後悔？　よく意味がわかりません。

ニコラ君が微笑んだまま言う言葉で、カーラさんの表情が一瞬かげります。

しかしそれを打ち消すように、彼女は気丈に顎《あご》を上げました。

「カズハ。ニコラは、修道院と孤児院を管理するガスティネル司祭様の子よ。いつも私たち孤児院の仕事も手伝ってくれるわ。司祭様もこの街になくてはならないお方。大切なことだから、ちゃんと覚えておきなさいよね」

「カーラ、余計なことは言わなくていいよ」

街の有力者のご子息様ですか。だから昨日、隊長さんたちはニコラ君の名を聞いて、渋い顔をしていたのですね。

ニコラ君の見た目の印象では、カーラさんよりいくつか年下かもしれません。天使のような愛嬌《あいきょう》のある彼は、司祭様の威光がなくても、とても悪いことをするようには見えません。

しかし、さっきからお腹の奥がこう、ムズムズするというか、気持ち悪いんです。カーラさんへの言動に、含みを感じるからでしょうか。

もし彼が盗みを働いているとしたら、曲者《くせもの》ですね。昨日の今日なのに、私を見て動揺しないどころか、「はじめまして」ですから。ひねくれ小僧レベルは高そうです。

これはもう少し様子を見たほうがいいかもしれません。


カーラさんとニコラ君は、これから揃って孤児院の子供たちに勉強を教える予定なのだそうです。

勉強……勉強ですか⁉

ここ連日、鬼教官の授業を受け続けていた私には、恐ろしい言葉です。大変心苦しいですが、ここはお手伝いとしてふさわしくありませんね。何か、他のお仕事を……

「ついでにあなたも得るものがあるかもしれないわよ」

「ぐはっ、な、なんというありがたいお言葉……」

「何を泣きそうな顔しているの？　私たちは優秀なのよ。ニコラなんて州都の学校の入学許可をもらえるくらいなんだから」

「やめてくれないか、カーラ！」

ニコラ君が、きつい口調でカーラさんの話を止めます。

すると、カーラさんはしょんぼりしてしまいました。

「ごめんなさい、ニコラ」

「あの、カーラさん！　勉強は得意ではありませんので、ぜひ教えてもらいたいです」

「……そう？　じゃあ、来て」

そんな流れで、カーラさんに連れられ孤児院に移動することに。不機嫌そうなニコラ君もついてきていますが、ちらりと振り返ると睨《にら》まれましたよ。

ああぁ、私の馬鹿。カーラさんが心配なばかりに、つい勉強するだなんて言っちゃって。

などと、泣き言をこぼすわけにはいきません。小学生くらいの子供たちの末席に座らされても、先生は十三歳でも。

生徒――私は……二十歳ですが、何か？

それはともかく、勉強を教わる子供は、五人ほどでした。残りは小さな幼児たちで、ちょうどお昼寝の時間なのだと、孤児院のお世話をする修道士さんが教えてくださいました。

簡素な木の床に、これまた小さめの机を並べた教室。そこは皆が集まってくつろぐための部屋を、簡単に模様替えして教室っぽくしていました。

カーラ先生は小さな子に文字を、ニコラ先生は大きな子に算数を教えています。

皆さんは学校に通っている上で、よりよい成績をおさめるために、自主的に勉強を見てもらっているのだそうです。えらいなあ。

「みんな、ニコラが目標なんですよ」

修道士さんが、嬉しげに言いました。

「優秀であれば、司祭様のような心の広い方に、養子に請われることもあるのです。それに、国王陛下の目に留まるかもしれません。国王陛下は、自らの力で立身出世がなせる国作りを目指されているのです。……まぁ、大きなことを言いましたが、未来を切り開くためには目標が必要なのですよ」

ニコラ君は、子供たちの憧れのお兄さん。

真面目に子供の質問に答えている彼は、子供たちのため一生懸命に見えます。子供たちも、彼をとても好いているようです。次々に質問を投げかけては、それによどみなく答えてくれる彼に目を輝かせています。

私の抱いている疑いは、その姿からはまったく考えられないもの。

いったい、どちらが本当のニコラ君なのですか？

彼が盗みをしてるなんて、間違いであってほしい。私は今、そう思いはじめています。


勉強会を切りのいいところで抜け出し、私は孤児院の隣、修道院の本殿に来ました。

荘厳な石造りの天井には、簡素なステンドグラス。それを通した美しい光が室内を照らしています。元の世界の教会のように並ぶ長椅子は、集会のためのものだとか。

そのひとつに座り、スケッチブックを開きました。許可をいただいて、すでに何枚か建物のスケッチを描かせてもらっています。

本殿を描きながらも、考えるのはニコラ君とカーラさんのこと。

「いい絵が描けましたか？」

そう声をかけられて顔を上げると、白くて長いローブを身にまとったご老人が、そばに立っていました。他の修道院の方々は薄いグレーの衣を着ているのですが、この方だけは真っ白です。美しい刺繍《ししゅう》が入った帽子から垂れる髪も、また白。

だけど年齢の割には、表情はきりりと引き締まっています。さすが、街の寺院を取り仕切る司祭様ですね。

「はじめまして、あなたがカズハさんですか。私は司祭をしているガスティネルです」

「お邪魔しています、カズハ・トオノです」

スケッチブックを抱えて立ち上がり、頭を下げました。

この方がニコラ君のお父さん。

「警備隊預かりとなっている落ち人というのが、あなたですね。困ったことがあればいつでも寺院に相談なさるといいでしょう」

「はい、ありがとうございます。今日はニコラ君とカーラさんにお世話になりました」

「ニコラが？」

「はい、孤児院で子供たちにとても好かれているのですね。勉強を教えているところをご一緒させていただきました」

そう言うと、ガス……なんだっけ、忘れました、名前。とにかく司祭様のお顔が曇りました。

「あの子にはつらい思いをさせているのですよ。本来ならば上級学校へ進学が決まっていたのですが……私の力が足りず、すまないと思っているのですよ」

「上級学校？」

「ええ、ニコラはとても優秀でして。このノエリアで一番と言っていいでしょう。将来有望な少年です」

少年……自分の息子なのに？　私は司祭様の言葉に、少し違和感を覚えました。

司祭様は祭壇に歩み寄り、その上の供物を手に取って続けます。

「あなたは、半年前の事件のことは聞いていますか？」

「……横領のことですか」

「そうです。それのおかげでこの街の信頼は失墜したのです。私はまだ赴任してきて一年ほどしか経っておりませんでしたが、大層驚き、そして心を痛めることになりました。我が子として迎えたニコラの州都上級学校の特別枠での入学が、事件後に突然取り消されたのです」

ニコラ君が、子供たちの目標。そう言っていた修道士さんの言葉がよみがえりました。

彼はあの孤児院で育ち、優秀だから司祭様の養子になった。そういうことなのですね。

「ニコラの能力なら、州都ではなく王都の学校も望めるはずです。このような不憫《ふびん》な思いをさせずに済むよう、今、伝手《つて》を使って探させているところなのですが……なかなか思うようにはいきません」

「じゃあ今、ニコラ君は学校には？」

「あの子にふさわしいところはここにありません」

そう言い切る司祭様の顔に、私は親の愛をどうしても感じることができません。

見上げる天井は美しくて、降り注ぐ光は尊いのに、虚《むな》しくて仕方がないのはなぜ？

「……絵を、描かせてもらってもいいですか。ここは素晴らしく綺麗で、とても荘厳です」

私のお願いに司祭様は一転して上機嫌に頷き、そして寺院の由来をお話しくださいました。私はそれを聞きながら、再び鉛筆を走らせます。本当は、ちっとも耳に入っていなかったけれど、司祭様は気がつかないようでした。

司祭様は、白いお爺《じい》ちゃん。笑いジワではないシワが刻《きざ》まれたその顔は、恐ろしく怪しいものに感じます。

そうだ。どうせ、名前を忘れちゃったんです。全身白いし、妖怪『砂かけジジイ』とあだ名で呼んでおきましょう。ついでにご自分の高説に酔う『砂かけジジイ』こと司祭様も、ちゃっかりスケッチしておいたのは内緒です。

「また、いらっしゃい、カズハさん。寺院はいつでもあなたの後ろ盾になる用意がありますから」

私の絵にはまったく興味がないようでしたが、なぜか帰り際にそう言われました。とりあえず困ってはいませんので、適当にごまかしておきましたが。


夕暮れが迫る頃、とぼとぼとスケッチ片手にお店に帰ろうと街の中を歩いていると、がっしりと腕を掴まれました。

そう、また腕です。なぜ声をまずかけるのではなくて、腕を掴むのですか。

「アルフリードさん、なんですか」

「アルベリックだ。……ちょっと来い、カズハ」

「わ、わわ」

またまた引きずられるようにして連れていかれる先は、どうやら警備隊宿舎のようです。

ちょっと隊長さん、名前を間違ったことをそんなに怒っていたのですか？

「名前はあともうちょっとで覚えられる気がしますから、許してくださいってば」

しかし、どうやらそれは私の勘違いだったようです。

隊長さんと同じく不機嫌そうな副官さんが、執務室で仁王立ちして待ちかまえていました。

「隊長の名前はどうでもいい。カズハちゃん、自分がどれほど余計なことをしたのか、理解していないようだね」

え、名前、どうでもいいんですか？

そう思って隊長さんを見れば、渋い顔をしています。どっちですか。

「危ないことなんて今日はしてませんよ。前に注意された、宿舎鍛錬場コースには行ってないので、柵を乗り越えていません。当然、柵から落ちてひっくり返ってお尻も出してません」

「違う」

素早いツッコミは隊長さん。副官さんはついに眉間《みけん》に手を当てて、ため息を漏らしています。

やばいです……

副官さんのお小言がはじまりました。

「昨日の情報でニコラへの調査がはじまったことは、君が一番よくわかっているはずだよね。なのにそのニコラのいる寺院へ、どうしてわざわざ入りこむかな！　何かあったらどうするつもりなんだ」

「……ひい、なんでそれを知っているんですか？　今日は尾行がなかったはずです」

「ニコラと寺院周辺に監視がつくのは当然でしょう。馬鹿なのか、君は？」

「はいぃぃ、でもカーラさんに会えたのは偶然で、とんとん拍子に孤児院に行けることになって、つい……」

私の行動は妨害になっていたのですね。よく考えれば当然ですが、もちろん、そんなつもりはありませんでした。私のせいで、一日分の調査を無駄にしたそうです。すみませんでした。

「そのくらいにしておけ、リュファス」

「……はい」

「カズハ」

助け舟にほっとしたのもつかの間、今度は隊長さんに低い声で呼ばれ、びくっとします。

「中で誰に会い、何を話したのか説明を」

「……はい」

私は描いたスケッチを広げて、あったことをすべてお話しするはめになりました。

そうして一通り語り終えたあと、隊長さんは私に釘を刺すことを忘れません。

「今後二度と寺院、修道院、ならびに孤児院には近づかないように」

「はい……」

そう、約束させられました。

翌朝、市場へ野菜を売りにいくというカーラさんの言葉を思い出し、修道院の畑へやってきました。

昨日の約束は、もちろん覚えていますよ。しかしながら、ここは畑。私が近づいてはいけないのは寺院一帯ですから、畑は大丈夫なはず。

畑に着くと、カーラさんだけでなく、ニコラ君もいました。大きな背負いカゴがふたつ、すでに半分以上野菜が入っています。どうやら市場に向かう前に間に合ったようですね。

ほっと息をつくと、ニコラ君にぎっと睨《にら》まれました。

「今日は何しに来たんだよ」

「カーラさんに市場へ野菜を売りにいくと聞いたものですから、ご一緒させてもらおうかと……」

「なんでおまえが？　そもそも役に立つのかよ、お前。この世界のことはなんにも知らない、落ち人なんだってな」

ニコラ君の無情なお言葉が矢のように胸に刺さります。そしてカーラさんからも……

「あのね、あなた、そんなことをしている暇があるの？　オランド亭にお世話になっているのでしょう？」

「いえ、暇なわけではなくてですね、お店に飾る絵を描く目的もありまして……」

「じゃあ、そうしなさいな。元々ニコラと二人で出かける予定だったから、手が足りていないわけでもないの。じゃあ、またね」

ああ、失敗しました。私ったら……これじゃついていくわけにもいかなくなったじゃないですか。

がっくりと膝を落としていると、目の前に落ちる影。見上げたら、ニコラ君が立っています。

「おまえ、あいつに助けられたって本当か？」

「あいつ……？」

「余所者《よそもの》の警備隊長のことだよ」

「余所者《よそもの》って……。いえ、まあ、助けてくださったのは確かに隊長さんですが」

「余所者《よそもの》だろ、あいつは。ずっとここにいるわけじゃないから、中途半端なことばかりだ。おまえも嫌な思いをしたくなかったら、これ以上俺たちの周りをうろつくな」

そう言って、市場に向かうカーラさんの方に走り去るニコラ君。

彼の言わんとするところはわかりませんが、隊長さんをよく思っていないことは確かなようです。ニコラ君の苦い表情は、どこか切羽詰まっているようにも見えましたが……

彼は、いったい何に苦しんでいるのでしょうか。

畑から二人を見送りながら、私はどうするか考えます。

市場へ行くと聞けば、一昨日浴びせられた肉屋の店主の言葉を思い出し、カーラさんが心配になります。しっかり者のカーラさんが、再びお金を紛失するとは考えられません。けれど、だからこそ気になるのです。

それに、今日はニコラ君がついていきます。彼がスリの犯人とは限らないものの、なんとなく不安は消えません。

ここはどんと大人なお姉さんである私が、見張らねば！

ついでに、愛しのケロちゃん財布も探してあげませんと。

……ということで、ただ今、絶賛尾行中。

前方の二人、ニコラ君とカーラさんはまっすぐ市場にやってきました。どうやら目的地は決まっているようで、寄り道することなく、一軒の露店の前で立ち止まります。

探偵カズハとしては、もう少し近寄って盗み聞きをせねばなりません。近くの店の物陰から、そっと覗きながら聞き耳を立てます。

「……だから、こんな時間に持ってきても……しか出せないって」

「さっき採ったばかりよ、明日まで充分もつわ」

「そうは言ってもなぁ」

どうやら野菜の引き取り値を交渉しているようです。カーラさんが押され気味ですね。

今はもう日も高くなっています。冷蔵庫のないこの世界で、朝以外に仕入れをして売れ残れば、店主が損をするのです。多少値切られるのも仕方ありません。

交渉の行く末をはらはらしながら聞いていると、ふいに肩を叩かれました。

今は忙しいのに、誰ですか！

「しゃがんで何をコソコソしてるんだい？」

振り向くと、そこにいたのは果物屋のエルザさん。

「エルザさん、どうしてここに？」

「相変わらず面白い娘《こ》だねぇ。ここは私の店だよ」

「……あれ？」

あら、本当です。冷静になって見回せば、覚えのあるお店でした。

私が手をチョイチョイ招くと、エルザさんも店の棚の陰にしゃがみこみます。案外ノリがいいですね。

「一昨日は、隊長さんを呼んでくださってありがとうございました」

「なんだい、あらたまって」

ひそひそ声でお礼を言えば、エルザさんは照れたように笑います。

「で、今日はなんなんだい？」

「詳しくは明かせませんが、ただ今、ターゲット追跡調査中なのです」

「なんだい、そりゃ。新手の鬼ごっこかなんかかい？」

子供じゃあるまいし、なんですかその扱いは。私は至って真剣です。

だけどエルザさんは笑いながら取り合ってくれませんでした。ちょうど、お店の前に赤い髪をした女性が来て、エルザさんは店番に戻ります。

その女性は、出るところは出て、締まるとこはキュッとしたすごい美人。なのに背中に弓矢を担ぎ、革のブーツを履いてマントをつけた格好をしています。まるで狩人のような出で立ちですね。

はっ！　つい、エルザさんと言葉を交わす美人さんに気を取られていました。

いつの間にかカーラさんの交渉が終わったようで、再びそちらに耳をそばだてました。

「じゃあな、次はもっと早い時間に来てくれよ」

野菜の並んだ店から、二人の姿が出てきました。心なしかカーラさんは浮かない顔です。聞きそびれましたが、やはり値段交渉はかんばしくなかったのだと思われます。

二人はこのあとどうするのかと見ていると、店から立ち去ろうとしたニコラ君を、カーラさんが腕を取って引きとめました。

「待ってニコラ、少し話がしたいの」

「カーラ？　これから君は買い物もあるし、僕はもう戻らなきゃ。帰ってからじゃ駄目な話なの？」

素っ気なくカーラさんを振りほどいたニコラ君。

それでもカーラさんはあきらめずに食い下がります。

「あ、あのね、ニコラ。何か困ったことがあるなら、私に相談してほしいの」

「……相談？　僕が？」

「だって、心配で……最近のニコラおかしいわ。もしかしてまた学校のことで司祭様と何か……」

「何もないよ！　関係ないのに口出ししないで」

「余計なことを言ったのなら悪かったわ……でも」

カーラさんが再び伸ばした手を、ニコラ君が反射的に払いのけます。

「僕のことより、自分の身の振り方を考えたらどうなの？　君はさっさとこの街から出ろよ。こんなくずみたいな街にいて、何になるんだ」

顔を曇らせうつむくカーラさん。ニコラ君はそんなカーラさんを置いて立ち去ります。

私の体は自然と動いていました。

待って、ニコラ君。お二人の間に何があったんですか……

しかし、エルザさんの店を飛び出したところで、突如私の視界が暗転したのです。何が起こったのか自覚する間もなく、次いで浮遊感に襲われました。

駄目、ニコラ君を追わなきゃ。

そう思ったのと同時に口も手で塞《ふさ》がれ、私は恐怖で固まるという、したくもない経験をしています！

いーやー、お母さーん!!

羽交い締めにされたまま、どこかに連れていかれそうです。

誰ですか、なんですか!?

か弱い乙女になんてことしてくれるんですか？　この変態、痴漢、恥知らず！

手も足も声も出ないときは、仕方ありません。どこの誰ともわからないものはなるべく、触れたくないのが本音ですが……

思いっきり噛みつきます！

「っつ！」

腕の力が緩んだ隙に、しゃがみこんで拘束から逃《のが》れました。そしてお母さん直伝、下段からの後ろ蹴りを試みます。

「がっ！　………ぐ、うぅ」

あ、まずいです。けっこうな手応《てごた》えが……

振り返れば、お腹を抱えてうずくまる人影。

やばいです、焦ります。なぜって、もろ急所に入りましたから。いやー、わざとじゃないんです。

しかし冷静になってうずくまる人を眺めると、目の前に美しい栗色の髪が。

ものすごく見覚えがあるような気がしますね……

「……って、ぎゃーっ！　やだ、何してるんですか、リュファスさん！」

「……カ、ズハちゃん、きみね」

苦しそうに顔を歪めていても、絵になりますね副官さん。ただ、どこが痛いのか考えなければの話ですが。

彼の押さえるところを見下ろして、慌てて目線を外します。乙女には正視できません。

まあ、やったのは私なんですけどね。仕方ないです、窮鼠《きゅうそ》、猫《ねこ》を噛むと言いますし。

とりあえず、一応聞いておきます。

「えーと、大丈夫ですか？」

薄情だとは思いますが、笑うのをこらえながらでごめんなさい。

騒ぎに気づいたエルザさんも、心配そうに見守っています。女の私たちには理解しにくい苦しみですね。

「……大丈夫」

「本当？　あーよかった、大丈夫じゃないって言われても、責任は取れませんからね。ところで、どうしてあんな事したんですか？　暴漢に襲われたかと思いました」

「どうしてって、君がそれを言うか！」

脂汗をにじませながらすごんでも、今ばかりは微妙ですよ、リュファスさん。

「僕がここにいるのは、もちろん君がニコラのあとを追うのを止めるためだよ」

微妙に復活したリュファスさんの言葉で、大切なことを思い出しました！　そうでした、ニコラ君を追いかけようとしたのです。

店の陰から出て、慌てて大通りを見渡すと、すでに影も形もありません。

二人の様子が変でしたので、ぜひともあとを追いたかったのに。

私はリュファスさんに詰め寄ります。

「なぜ、邪魔をしたんですか！」

「だから、君はこの件に関して手出し無用だと言ったはずだよね。あとは警備隊に任せて」

「……私がニコラ君を追いかけていたのを、見ていたんですか？　いつから！」

「当然、最初から」

まさか、ストーカーに目覚めたんですか？　色男のくせに。

「今、変なことを考えたでしょう？」

「いえいえ、そんなことは……」

私の視線が明後日の方角へ泳いでしまいます……。この頃、リュファスさんは察しがよすぎますね。

「隊長の指示で、彼を監視していたんだよ。周りをよく見てごらん」

言われて市場の中を注意して見ると、知った顔がちらほら。今日は、非番の兵隊さんがやけに多いのですね。そして目の前の色男さんもまた、いつもの赤い警備隊服ではありません。

「皆さん、買い物ですか。ショッピングはストレス発散にもってこいですからね、ぜひとも推奨いたします」

「……じゃなくてね、カズハちゃん？」

「あだだだだ」

拳《こぶし》でつむじをグリグリ押すのは痛いです。もー、怒らなくてもいいじゃない。ちょっとしたお茶目心ですのに。

リュファスさんも私服です。質のよさそうな薄手のシャツに、上品な刺繍《ししゅう》の施されたベスト、織物のタイを合わせています。すらりと長い足が強調されて、なんだか王子様みたい。

――つまりリュファスさんを含め、非番を装った兵隊さんたちが最初から、ニコラ君を尾行していたのですね。

なんだ、私の探偵気分の行動は、皆さんにばっちり見られてたんですか。恥ずかしいなぁ、もう。

「今日も、誰一人カズハちゃんについてなかったの、気づいてる？　昨日の今日でおかしいと思うでしょう、普通。それに隊長との約束は？」

「……ううう」

ふう、と嫌みっぽくため息をつくリュファスさん。

「君はきっとニコラの周りをうろちょろするだろうから、わざわざ人をつける必要ないという、隊長の指示だよ。で、邪魔になる前に、適当なところで止めるようにともね」

　隊長さん、鋭い。そしてなんとなく悔しい。

「まったくもって適当じゃないです。ニコラ君を見失ったじゃないですか」

「見失うわけがないだろう」

「は？」

「……君、やっぱり馬鹿だよね？」

　私服の兵隊さんたちが、すでに手分けして追っているそうです。そして宿舎へ戻るというリュファスさんに、一緒に来るように言われました。でも、私はカーラさんのことが気がかりで断ります。

「なら、もうニコラには近づかないように。今度こそ約束を破ったら、隊長がなんと言おうとも宿舎の独房に放りこむから」

「……はい。そういえば、その隊長さんは？」

「今は寺院に行っている」

「寺院？　司祭様がニコラ君の保護者だからですか？」

　リュファスさんが不敵に笑いましたよ、まあ恐ろしい。

「保護者ね……ガスティネル司祭はこの街の寺院の最高責任者だ。だからこそ、隊長が……」

　言葉を止めたリュファスさんの視線の先をたどると、そこには今にも泣きそうな顔のカーラさんがいました。

「カーラさん、どうしました？」

「本当なの？　ニコラが、あんたに何かしたって……」

「何かって、なんでもないですよ？　やだなぁ、どうしたんですか？」

慌ててごまかしたので、めちゃくちゃ挙動不審です。

だって、彼が罪を犯した証拠は、まだひとつも上がっていないのです。あんなに親しくしている
カーラさんに、滅多なことは言えません。だけどこの街の噂の伝搬力を私は知りませんでした。

「聞いたのよ、市場の人たちに。ニコラがあんたの財布を盗んだかもしれないって！　本当なの？」

「カーラさん、それはその……」

伝わるの、はやっ！

誰ですか、カーラさんの耳に入れたのは。

私はとにかく、お仕事中のリュファスさんとは別れ、カーラさんと市場を抜けた先の広場に来ています。

「カーラさん、私、お弁当があるんです。一緒に食べましょうよ。セリアさん特製パイは絶品ですよ」

肩を落とすカーラさんを、強引に茂みの下にあるベンチへ連れこみます。

カーラさんは市場にまだ用があるのかもしれませんが、せっかくなので押せ押せなのです。私は背負っていたカバンから包みを出し、彼女の膝にその半分を押しつけました。

困り顔のカーラさんも、おいしそうなパイを見せられて観念したようです。意外と押しに弱いのは、小さな子たちのお姉さん役だからでしょうか。

「別に、お腹が空《す》いているわけじゃないんだからね」

そう言ったカーラさんのお腹が、可愛い音で鳴きました。真っ赤になってそっぽを向く姿は、ようやく年相応に見えます。

さっそく、用意してあったおしぼりを渡します。私が大口でパイにかぶりつくのを見て、カーラさんも食べはじめました。

さぞかしおいしかったのですね。素っ気ない風を装いながらも、精一杯パイを頬張るカーラさん。頬を染めながら「悪くないわ」との感想をいただきました。

可愛すぎます、これが噂のツンデレさんですか。

「……あ、あなたに言ってるんじゃないからね」

「わかってます、セリアさんのパイは最高なのです」

「もうそれ、何度も聞いたわ」

目線を逸《そ》らすカーラさんを可愛いと感じる私にとっては、かえってときめきます。

でも、カーラさんの口調はつっけんどん。

「……ニコラが、ここのところちょっとおかしいのは、感じていたの」

パイがあと少しになる頃、カーラさんがポツリと話しはじめました。

以前のニコラ君は、乱暴な言い方をしていても、優しくて気遣いを忘れない子だったのにと。

「何もかもおかしくなったのは、父さんたちが罪を問われて連れていかれてから。罪に全然関係ないニコラの特別入学が取り消されて、ノエリアの学校にすら入れてもらえず、身を持て余しているんだと思ったの。そのころ、預かっていた孤児院のお金がなくなった。最初はもちろん、私の管理不足でなくしてしまったと思ったわ。だけど同じようなことが何回か続いて……。いつもそばにいたのはニコラだった。でも、そんなはずないって。……なのにニコラがあなたの財布を盗んだかもしれないって聞いて、私……」

「今、隊長さんたちがちゃんと調べてくださっています。ニコラ君が犯人なのかは、まだわかりません」

私の言葉に、カーラさんはその荒れた小さな手で顔を覆います。

「……ないと信じたいけど、もしものとき、レヴィナス隊長ならなんとかしてくれるかな」

「もちろんですよ、隊長さんならなんだって。空から落ちてきた私を、グリフォンで拾えるくらいの人ですからね！」

咄嗟《とっさ》に思いついたまま隊長さんのすごいところを言ってみると、カーラさんは驚いて顔を上げました。その顔に涙がなくて、ホッとします。

「……あなた、本当に空から落ちてきたの？」

「ええ、空から落ちているところを、隊長さんにキャッチしていただきました…………て、あれ？」

「何よ」

「今、気づきました！　隊長さんよく受け止めましたよね！」

「何を言ってるの」

今更ながら青ざめていると、気持ちいいくらいの白い目を向けられます。私に呆れているのですね。いや、そのツンは癖になりそうなので、やめてください。

ですが、カーラさんが言おうとしたのは違うことでした。

「あの人が受け止め損ねるだなんて、そんな間抜けなことするわけないでしょ」

「……え？」

「あ、やだ、違うわよ！　別に……褒めているわけじゃなくって」

耳まで真っ赤な少女は、恥じらいのあまりおしぼりを投げつけてきます。ごめん、ごめん。

でも、お姉さんはにやけるのをこらえきれません。

「……あ、でもカーラさんのお父さんは確か」

隊長さんの告発で、職を失った方のはず。

「父さんは言ってたの……あの人はすごい人なんだって。グリフォンを扱わせたら誰にも引けをとらないし、前の戦争のとき、国軍士官としてとても活躍したらしいの。父さんは、国境に近いノエリアの警備隊兵だからこそ、知っているんだって。……だけど、私の父さんは賄賂《わいろ》を受け取った。上司の言葉に逆わず、金品を横流ししたわ。──その娘は、正しいことをした人を憎まなきゃいけない？　親を更迭《こうてつ》した人を尊敬してはダメなの？」

カーラさんは、他の方からもそう言われたのでしょうか。

「ダメなんかじゃないですよ。誰かを好きになる気持ちは、尊いのです……った！」

「す、すすす、きだなんて言ってないでしょ、ばか！」

再びおしぼりで叩かれました。はいはい、憧れですね、訂正しますってば。

だからそんな可愛く、ぽかぽか叩かないでください。私が変態に目覚めそうですから。

「あの人が、レヴィナス隊長が来てから、孤児院から何人も子供が出ていったわ。里親になってくれそうな人に、彼が声をかけてくれているの。私が、ニコラのことが心配でこの街に一人残るって決めたとき、修道院に頼んでくれたのも……。一度、彼に直接聞いたけど、何もしてないって言い張るの。だからお礼も言えないままよ」

「……そうだったんですか、なんだか、隊長さんらしいですねぇ」

カーラさんも頷きます。

そして二人して特製パイの最後の一かけを頬張り、苦笑い。

隊長さんが独り身な理由を悟りました。隙がなさすぎです。

真面目を通り越して、聖人君子ですか。どれだけ黙って善行しているの。ちょっとはつけ上がりなさーい。

きっとカーラさんのように慕ってくれた女性には、ことごとく憧れや尊敬、いい人で終わらせているに違いありません。なんて想像していたら、隊長さんがあわれに思えてきました。

カーラさんはちょっと若すぎますが、これは贅沢を言えませんよ。

カーラさんの淡い恋心、隊長さんのためにも私がぜひとも応援しようではありませんか！

私が鼻息荒く心の中で決意表明していると、カーラさんが立ち上がり、スカートの裾を払いました。

「じゃ、私は忙しいから」

「あ、待ってください。……これからまた買い物ですよね、ご一緒させてください。荷物持ちでも、なんでもしますから」

「ちょ……と、やだ、引っ張らないでよ」

強引にカーラさんのお供をします。だって、警備隊宿舎に行ってもどうせお小言もらうだけですし、彼女ともっと仲よくなりたいのです。

ところが、市場に戻ってくると異変が。まるで待ちかまえたように、恰幅のいい肉屋の店主が立っていました。

「おい、あんたら。ちょっといいか！」

「え？　あの、どうしたんですか？」

私だけでなくカーラさんも一緒に、肉屋の中に強引に連れこまれます。

「ちょっと前まで一緒だったように見えたが、リュファス様は？」

「は？　副官さんなら、もう宿舎に戻られましたけれど」

どうでもいいですが、リュファスさんの呼称は面白いですね。『坊っちゃん』に加えて『様』ですか。もっとも先ほどのカッコよくて上品な私服は、似合いすぎてつい、様づけしたくなるのもわかります。

店主は、リュファスさんがいないことに青ざめ、唇を震わせながら言いました。

「絵が！　あんたの描いた伝票裏の絵が、動いてるんだ！」

………またですか！

ただならぬ様子の店主に、店の奥まで押しこめられた私とカーラさん。

するとと店主は目の前に紙を差し出します。

捨てられるはずだった書き損じの帳簿の紙。その裏で動くのは、さっきまであとを追おうとしていたニコラ君に間違いありません。

紙のニコラ君は、きょろきょろと周囲に目を配りながら、どこかの道を移動しているようです。

揺れながら流れる景色が、紙に映りこんでいます。

「なんなんだよ、これは」

震え上がる猪豚《いのぶた》……もとい、肉屋の店主。そしてカーラさんも呆然とニコラ君の絵を見つめます。

驚いた様子で絵を追う二人をよそに、私は勝手に閉店看板を出し、戸を閉めてしまいました。

「おじさん、何か気になることは……声とか物音とか、聞こえてきましたか？」

「い、いや特には……」

ニコラ君の絵は、腰から上のみ。小さく描かれた絵の背景に、少しだけれど建物などの様子も見て取れます。どうやらニコラ君は市場を抜けて、もと来た道を戻っているようです。

修道院の畑と、坂の上に塔が見えてきました。

「どうやら寺院に帰るようですね」

私はカーラさんの様子に注意しながら、疑問を投げます。

「今日は手ぶらだったはずですよね、ニコラ君。今持ってるあれは何で、どこに持っていくつもりなのでしょうか？」

カーラさんの肩が、びくっと少しだけ揺れる。

紙の中で動くニコラ君の手には、何かが入った巾着袋。買い物時によく使われるような袋です。確定はできませんが、中にお財布が入っているかもしれません。そうと思いたくないのは、私もカーラさんも同じです。

私たちの緊張をよそに、ニコラ君は丘を上り寺院にたどり着くと、そのまま大きな扉をくぐります。

「あれは寺院の建物で間違いないですよね。確か煉瓦《れんが》に蔦《つた》が絡まった赤い屋根の家が、孤児院」

「ああ、間違いない」

カーラさんではなく、猪豚《いのぶた》店主が答えます。ニコラ君の動向に注視していて存在を忘れかけてましたが、いたのでした。そして彼は、おずおずと尋ねてきます。

「な、なあ、あんたらはなんで平然としてるんだ？」

大きな図体で恐れおののく姿は少々滑稽《こっけい》ですが、気持ちは痛いほどよくわかります。私だって最初は、震えながら半泣きで隊長さんの背中に隠れましたからね。

カーラさんも青ざめてはいますが、店主にはしっかりと首を横に振って、自分は関係ないと主張しています。それに合わせて揺れる、茶色いおさげ。

彼女は今、絵に驚くよりも、ニコラ君を心配する気持ちのほうが勝っているのだと思います。

「あ、あれ、隊長さんじゃないですか？」

寺院に戻ったニコラ君が最初に覗いたのは応接室っぽいお部屋。

遠目ですが、隊長さんらしき人ともう一人、全身を白い服で包んだ人物が見えます。もしかしなくとも『砂かけジジイ』こと、司祭様ですよね。

『ただいま帰りました、司祭様』

『ニコラ、おかえり……少しお待ちくださいますか、レヴィナス殿』

隊長さんを部屋に残し、司祭様はニコラ君を廊下に連れ出します。

『……今まで何をしていたのですか？』

『申し訳ありません』

二人とも硬い表情です。交わされる冷たい声は、とても親子の会話には聞こえません。

『正直に答えなさい。いま、警備隊長からお前のことを聞かれました。どういうことですか』

『……僕は、何もしていません、司祭様』

『では、今日はどこで何をしていたのですか？』

『カーラを手伝って、市場に』

『……ニコラ、私は何度も言ったはずですよ？』

『申し訳、ありません』

『いつまでも孤児院に関わっていてはなりません、お前は勉強だけしていればいいのです。ましてや、あのカーラなど……。お前は私に恥をかかせるつもりなのですか？　こんな価値のない辺境に送られたというだけでも、忌々《いまいま》しいのに、不名誉な事件のせいで、この私までが……』

司祭様は言葉を切って、振り返りました。

様子を見に来た隊長さんに気づくと、司祭様は厳しい表情を一変させ、柔和な品のいい笑みを浮かべます。それはもう、見事な変貌《へんぼう》ぶりです。

『ああ、レヴィナス殿。お待たせして申し訳ありません。おや、もうお帰りになられますか？ それは残念です。ほらニコラ、部屋へお戻り』

ニコラ君はうつむき、その場を離れます。

遠くで猫撫で声が、隊長さんに言います。いつもは明るく本当にいい子なんですよ、自慢の息子で、と。司祭様はどうやら、隊長さんを玄関まで見送っていくようです。

「……な、なんてひどい父親ですか、アレは！」

私の憤《いきどお》りは、あの司祭様へのものです。

当然、皆さんも同じと思いきや、そうではないようでした。

カーラさんは眉を寄せているものの、諦めたように視線を外し、店主は信じられないものを見たかのように、口を開けて呆けています。

カーラさんと店主の反応は正反対です。私は、そこにも憤《いきどお》りを感じずにはおれません。

カーラさんは司祭様の正体を察していたのに、少なくとも大人である店主にとっての司祭様像は、今見たものとは違っていたということですよね。

さしずめ、清廉《せいれん》で尊敬すべき人物というところでしょうか。

「カズハ、あれ！」

カーラさんの声で、少々血が上っていた頭がすっと冷えました。

パラパラと動き続けるニコラ君が、小さな部屋の片隅にうずくまり、床の板を持ち上げます。中は箱形にくり抜かれ、たくさんの硬貨やお札が入っているのです。

「そんな……ニコラ」

打ちのめされるカーラさん。

あれらはここ数ヵ月間、紛失物として警備隊に届けがあった金品に違いありません。このような形で、証拠を掴むことになるとは思いませんでした。

なんとも悲しい気持ちで絵を見守っていると、ふとあるものに気づきます。ニコラ君が持っていた巾着の中から出てきたいくつかの財布の中に、私の探していたものがひとつ——柔らかいフエルト製のコミカルな顔が、えへへ、と笑っているではないですか！

「あああー！　私のケロちゃん財布！」

求めていたものを見つけ、つい興奮して紙を手にしてしまいました。

まるで私の声を聞いたかのように驚き、振り向くニコラ君。だけど勢いでぐしゃっと掴んでしまったせいか、中のニコラ君がかすみます。

「ああっ、なんてことをするの！」

カーラさんが止めたのですが、時すでに遅し。

消えそうになる絵から、声がします。それはニコラ君を呼ぶ、低くしわがれた司祭様の声でした。

もしかして、ニコラ君の秘密が司祭様に見つかった？　だとしたら、これはまずい状況です。

「貸して！　ああ、もう」

呆れ顔のカーラさんが、私からニコラ君の絵を取り上げます。でも再び絵を広げたときにはすでに、動かないにがお絵に戻っていました。

うう、やってしまいました。せっかくの手がかりを……

「ごめんなさいぃ……。でも、少なくとも場所はわかりました。カーラさんは今見たことを、宿舎にいる副官さんに伝えてくださいませんか？　私はニコラ君とケロちゃんを救出にいくのです！」

「え……って、何を言ってるのよ、私もニコラのところに行くわ！」

「駄目です」

「なぜよ！」

「ニコラ君は、カーラさんに見られたくないと思うのです」

「……っ」

聡いカーラさんは、それでわかってくれたようです。それでも、割り切れないのも理解できます。

「きっと隊長さんと合流して、ニコラ君を保護してもらいます。そうしたら、ちゃんと聞けますよ。ニコラ君の話を、ね？」

「………うん」

それで、カーラさんも納得してくれたようです。あとは肉屋の店主にお願いです。

「おじさん、このこと、誰にも言ったら駄目ですよ」

「ええっ……まさか、呪われるとかじゃないよな？」

「……さあ、どうでしょう」

ニヤリと笑って見せただけなのに、店主さんったら、びびっているじゃありませんか。やだなぁ、誤解しないでくださいね、脅したわけじゃありませんよ？

口外無用は隊長さんとの約束ですから。

肉屋を出て私とカーラさんは二手に分かれました。カーラさんは南の警備隊宿舎へ、そして私は北にある寺院を目指します。

ニコラ君がこれ以上罪を犯さずに済むように、その証拠を確保しなければ。

それに最後に聞いた司祭様の声が、私の頭から離れません。急ぎましょう。

「おい、そんなに急いでどこに行く？」

走っている私に声をかけてきたのは、荷馬車を引く洗濯屋のおじさんでした。小さな御者台に大きな体を縮こませて乗る彼は、私に声をかけながら馬車を止めてくれました。

「寺院に行くのです！」

「……乗れ」

「いいのですか？」

ちょうど洗濯物の配達に行くのだそうです。一軒寄ってから修道院に行くので、少し遠回りになるけれど、走っていくよりは速いとのこと。私は遠慮なく、馬車の荷台に飛び乗りました。

「ありがとう、ドーナツさん」

「ドナシファンだ」

「……あ」

私の間違いを訂正しつつも怒った風でもなく、洗濯屋のドナシファンさんは寺院前で馬車を停め私を降ろすと、配達の洗濯物を届けに修道院へ向かいました。

とにかく、私は急いで寺院の大きな扉をくぐります。

修道士さんに応接室の場所を聞こうとしたのですが、誰ともすれ違いません。失礼を承知で、迷いながらも次々と扉を開けてニコラ君を探します。隊長さんが通された応接室さえわかれば、そこから見た景色をたどってニコラ君を追えるはず。

いくつかの扉を開けて長い廊下を抜けた先、パンという激しい音が響きました。

まさかと思い、音のしたほうに走れば、そこにいたのはニコラ君と『砂かけジジイ』……いえ、司祭様。

ニコラ君の片頬は赤く色づき、彼の足元には、絵で見た通りの財布やお金が散らばっていました。

「司祭様、今ならまだ間に合います。自首してください」

「よりによっておまえがこれを隠していたのか！　この恩知らずめが」

司祭様が再び手を振り上げるのを見て、思わず走りながら叫んでいました。

「ニコラ君！」

彼をかばい、白いその手に打たれたのは私の背中です。

力はそれほどではないけれど、衝撃で背負っていた画材道具とスケッチブック、そしてノートが床に散乱してしまいました。

「叩くのは、駄目です」

「な、に……どうしておまえがここに」

ニコラ君を抱きかかえるようにしてかばったまま、司祭様を振り返ります。司祭様は、突然の乱入者に驚きを隠せない様子です。

「もうすぐ警備隊がここに来るでしょう。ニコラ君は犯した罪を償わねばなりません」

「け、警備隊だと？」

「はい、私が呼びました。ここに私の財布があるのが証拠です。恐らく、数ヵ月にわたってニコラ君が街の人から盗ったものが、ここに」

積み重なったそれらの中にある、緑色の鮮やかなカエルへ手を伸ばすと、司祭様に払いのけられました。その形相はまるで鬼です。

「盗んだだと？　どれだけ私の顔に泥を塗れば気がすむのだ、ニコラ！」

「彼を責めるのはあとです、まずは……」

私の腕の中で、ニコラ君が肩を震わせて嗚咽《おえつ》を漏らしています。

己のしたことに恐れを抱いたのかと思えば、それは次第に大きく、そして笑い声に変わっていきました。

「あ、ははは……これでやっと終わるんだ。本当に馬鹿な人。僕も、あなたも……カーラもだ」

「ニコラ君？」

私から離れて立ちあがったニコラ君は、笑いながら泣いていました。声は笑っていても、そこにあるのは絶望。

――ニコラ君の黒い瞳が濡れ、雫《しずく》が頬を伝って床に跳ねた瞬間でした。

散らばった私の荷物の中、ノートが風もないのにはらはらとめくられていくのです。

覚えのある現象で……そう、絵が再び動き出したのです。

ほんのりと光りながら現れたページは、勉強中の退屈しのぎに描いた副官リュファスさん。

目の前で彼がほんの少し浮き上がり、ノートの上でこちらを振り向きました。

『ど……してここに、隊長。カズハちゃんと合流できなかったんですか？』

『カズハ？　いや、会わなかった。カズハがどうかしたのか』

二人がいるのは、見慣れた警備隊宿舎の執務室。部屋に入った隊長さんを、リュファスさんとカーラさんが驚いて迎えます。

「カーラ？」

ニコラ君が驚いてカーラさんを凝視しました。

司祭様はといえば、何かに怯えるようにキョロキョロと部屋の中や窓の外をうかがっています。

絵が動くなんて現象を目の当たりにしたら、挙動不審にもなりますよね。

浮き上がった絵は、相変わらず一方通行。私たちの驚きを無視して動き続けます。

『レヴィナス隊長、お願いです。すぐにニコラのところへ！　カズハが一人で寺院に』

『隊長。ニコラが盗ったと思われる財布などの盗品のありかを、例の絵が動く現象が教えてくれたようです。よりによってそれを見たカズハちゃんが単身、寺院に乗りこんだらしくて』

『きっと私のせい……ニコラのことも』

カーラさんが言葉を詰まらせました。そしてかすかに光る涙の粒がカーラさんの頬を伝い落ちて、足元へ消えます。

それが合図だったみたいに、絵の中に再び光が満ちました。

『……絵が……カズハちゃんが描いた絵が動く』

リュファスさんが驚いたようにこちらを向きます。そして隊長さんも。

『カズハ、か？』

薄い陽炎《かげろう》のように浮き上がった絵。その中の隊長さんが、まっすぐ私のほうを見ています。

まさか――

「隊長さん？　もしかして、こちらがわかるんですか？」

『見える』

隊長さんの声で、はっと思い出します。執務室でお小言をもらったとき、寺院の礼拝堂や司祭様を描いた絵を何点か置いていったことを。それが今、あちらで動き出したとしたら……

そんなばかなことが、とは思ったのですが、私の考えを肯定したのはなんと司祭様でした。

「そうか、加護か！　お前の加護の力か、これは」

司祭様はそう言うと、手に持っていた本のようなものを抱えてあとずさります。それを止めようとするかのように、ニコラ君が司祭様に飛びかかりました。

「待って、逃げないでください！」

「何をする、離せ」

『ニコラ？』

「離しません、その帳簿を返して！」

「この恩知らずめ！　減らず口をきけなくしてやる」

司祭様は再び、持っていた本ごと手を振り上げて、ニコラ君を叩き払おうとします。私は咄嗟《とっさ》に、落ちていたものを手当たり次第に司祭様へ投げつけます。

二人の間で何が起きているのかわからないまま、反射的にニコラ君の味方をしてしまいました。つながった……いえ、共鳴している絵の向こうで響くのは、カーラさんの悲鳴。そして隊長さんの声が続きます。

『リュファス、待機班に突入指示。私が向かう』

『了解』

『カズハ、無茶をするな。今、行く』

しがみつくニコラ君と逃げようとする司祭様、そしてオロオロする私と、こちらは大騒ぎですが、隊長さんの落ち着いた声が心強いです。

とはいえ警備隊宿舎と寺院の位置関係は、ノエリアの街の南端から北端。そうそうすぐには来られません。ここは大人である私が、どうあってもがんばらねばならないのです。

でも、どうしたらいいのでしょう。縋《すが》るように絵に目を向けると、リュファスさんは私に背を向けて何かをしているではありませんか。ほったらかしですか、ひどい！

そうこうしているうちにも、司祭様とニコラ君は揉《も》み合いを続けています。

「リュファスさんってば、何かいいアイデアないの？　やだもう、危ないから離れてニコラ君！」

「ダメだ、司祭様はカーラの父さんを馬鹿にしておきながら、自分も裏では金を懐《ふところ》に入れていたんだ。この帳簿が証拠だ、絶対に離さない。それに、立派だった司祭様が偽りの姿でないなら、罪を償えばまたやり直せるかもしれない。そのときのためにも、全て明らかにしないと……」

「貴様……そんな根も葉もないことを」

「嘘だって言うなら、それを調べさせればいいじゃないですか！」

私が手をこまねいていたそのとき、鈍い音がニコラ君を襲います。もつれて倒れた先にあった杖で、司祭様がニコラ君の肩を打ちつけたのです。

「やだ、ニコラ君、ニコラ君っ！」

私は、悶絶《もんぜつ》して転がるニコラ君を司祭様から引き離します。すると、司祭様は窓の外を見ました。日が傾きかけ、茜色に染まりつつある空に、一筋の光が笛の音を鳴らしながら、空に上っていきます。はじめて目にするものですが、警備隊の使う緊急合図か何かでしょうか。

「こうなったら仕方がない」

舌打ちをした司祭様が突然、私の腕を掴んで引っ張ります。

うそ。ここに来てまたそれですかと思いつつ、抵抗を試みるのですが、司祭様の手には硬そうな杖。

司祭様が杖の先をひねって外すと、そこから鋭い刃が出てきました。

仕込み杖だなんて反則です。切っ先はこちらに向けられていて、私にはどうすることもできません。

絵の向こうで、カーラさんの悲鳴がつんざきます。

「おまえさえいなければ、どうとでもなったものを」

「……ニコラ君が言ったことは、本当なんですね」

「うるさい！」

私を引きずって、窓際から外を警戒している司祭様。

これは俗にいう、人質ってやつですよね！

未だ共鳴しあう絵の向こうでは、全て見られているのですよ。観念してしまえばいいのに、司祭様はそんな気は毛頭ない様子です。彼は揺らめく絵のリュファスさんに向かって言いました。

「この娘は落ち人だろう、お前たちが保護を任されているのなら、何かあったときには相応の責を負うだろうな。たかが辺境警備隊の分際で余計な真似をしてみるがいい。あとで困るのはこの辺境の街だ。寺院の恩恵から外れる恐ろしさを、身をもって知ることとなるぞ」

『……脅し、ですか』

リュファスさんが怒りを含んだ低い声で答えます。

「私は中央の教会だけでなく、有力貴族とも懇意にしている。取引と言ってもらおうか」

慈善事業だけでなく、人々の生活の習慣に根強く入りこむ寺院。街の人をそっくり人質にするつもりですか。どうあっても、思い通りにしたいようです。この強欲ジジイめ。

「司祭様……そうまでして逃げるのですか？」

ニコラ君が起き上がりました。肩を強く打ちつけられたようでしたが、大丈夫なのでしょうか。

「逃げる？　誰のせいで私が、この私がこんな目に遭《あ》っていると思うのですか、ニコラ！」

「尊敬、していたのに……。司祭様、自首してください」

ニコラ君の絞り出すような言葉が、私にはとても痛いのです。だけど当の司祭様には、ちっともその言葉が届いてないようでした。

「はっ、馬鹿なことを。お前みたいな孤児を、少しは役に立つ人間にしてやれるのは、私のような権力を手にしている者のみ。私を裏切っておいて、よくそんなことが言えたものですね」

「裏切ったのは、司祭様のほうじゃないか！　他の養子たちだって、司祭様がこんな不正に手を染めていると知ったら、どんなに悲しむか」

「おまえ以外は私の役に立っています。逆らうようなことなどせずに」

顔を歪ませるニコラ君と、勝ち誇ったような司祭様の表情は、対照的でした。

二人の会話から察するに、司祭様は他にも身寄りのない子を養子にして、自分の立場を固めるために役立てているようですね。……なんだか腹が立ってきました。

「おまえさえ問題を起こさなければ、王都の学校へ入れるところまで都合がつきそうだったものを……。残念です」

「そんなの、もうどうだっていい！　汚い方法で入れてもらおうなんて思ってない」

「嘘をつけ。ならば、なぜこんなに金を集めたのですか？」

「それは全部返すつもりだった。司祭様が捕まって罪を認めれば……」

「罪？　どんな罪です？　私は問われるような罪など犯してはいません」

「……まだそんなことを」

「おまえはだから愚《おろ》かなのです。いったい誰が、私の罪を認めるというのですか？　それを決めるのはおまえたちではない。世の中はそういうものですよ」

開いた口が塞《ふさ》がらないとはこのことです。要は、息のかかったお仲間たちが、司祭様を無罪になさるから逃げ切れると、そう言いたいわけですね。

わなわなと震えるニコラ君のような反応を示す人が、この世界での大多数だと信じたいです。こんな砂かけジジイのせいで、この世界を嫌いになるのはごめんこうむります。

そのとき、誰かが部屋の外から扉を激しく叩きました。

「司祭様、大変です。大勢の警備隊兵がここを開けろと言って押し寄せてきています、どうかご指示を！」

言い終わらないうちに、扉の向こうが急に騒がしくなりました。きっとリュファスさんの指示で駆けつけてくれた兵隊さんたちです。

ホッとしたのもつかの間、私を掴んでいた力が増します。

そうでした、私、人質にされていたんでした。追いつめられた司祭様がとんでもない行動を起こすかもしれないと考えたら、安心どころか危険度絶賛上昇中じゃないですか。

ガタガタと外から物音がした直後、その扉が勢いよく開きました。しかし、勢いよく駆けつけた赤い制服の集団が、私と司祭様を見て二の足を踏みます。

「近寄るな、無礼者！」

「ひゃいいっ」

司祭様に引き寄せられて、首元に突きつけられた切っ先に、情けない悲鳴を上げてしまいます。

『人質の保護を優先させて下さい』

絵の中のリュファスさんが兵隊さんたちに指示を出すと、にじり寄ってきていた彼らの足が完全に止まります。

司祭様は、それを見て気をよくしたのでしょうか。このまま完全に囲まれて身動きが取れなくなる前に、私を連れて逃亡する気のようです。私を盾にしたまま、武器をかまえた警備隊兵さんたちに、道を空けるよう言い渡したではありませんか。

ちょ、ちょっとそれは待ってください。私が一人焦っていると、ふいに日がかげったかのように室内が暗くなります。

『屈《かが》んで、カズハちゃん！』

その瞬間、背後のガラス窓が激しい音を立て打ち破られました。

リュファスさんの言葉にすぐさま反応できたのは、彼のスパルタに耐えた成果に違いありません。

私は、音に驚いて緩んだ拘束から逃《のが》れるように、咄嗟《とっさ》に身を屈《かが》めました。音とともに降るガラス片の中、悲鳴を上げながら頭を抱えます。

聞こえたのは、風を切る大きな羽音。

続くのはガラスと木枠を踏みつけて迫る足音と、それから……

「カズハ！」

私を呼ぶ隊長さんの声。

それに答えるように、私も名を呼びます。——今度こそ、間違えずに。

「アルベリックさん！」

私のお腹に腕を回し、素早く抱き上げるようにして、司祭様から離れさせる隊長さん。彼のもう片方の手には、鞘から抜かれた長剣があります。はじめてその刃を見ました。きらりと光る剣は、よろめく老人に向けられています。

「大丈夫か？」

「はい」

私の返事を聞きながらも、アルベリックさんは司祭様を睨《にら》みつけます。いつものような鉄面皮な強面《こわもて》ではなく、明らかに怒りに満ちた表情で。

「ガスティネル司祭を拘束しろ」

その一言で、警備隊兵たちが一斉に動き出します。司祭様は抵抗しようにも、大人数が相手ではなすすべもなかった様子。あっという間に仕込み杖を奪われ、司祭様は手を後ろに回されて膝をつくことになりました。

「警備隊ごときが、どのような権限で司祭である私を拘束する!? 離せ！」

「司祭殿には聞きたいことが山ほどある。権限のことを言うのであれば、私のもうひとつの肩書をもってして対応をさせてもらう。その場合は問答無用となるが、いかがなさいますか」

「……っ！」

強気だった司祭様の顔が、一瞬にして曇ります。

今、どんな必殺技を使ったんですか？　隊長さん。

「連れていけ」

司祭様はようやく観念したのか、兵隊さんたちに大人しく連れていかれました。

アルベリックさんが一人侵入するためだけに、無残に破壊された窓。その大きくなった窓の外からは、くりくりお目めを輝かせたグリフォンが覗いています。どうやら、例の人懐《ひとなつ》っこくて好奇心旺盛なハデュロイのようです。

彼のスキンシップに捕まらないよう窓際を避けて、私はニコラ君のもとに駆け寄りました。

「怪我は大丈夫ですか、ニコラ君」

そっと、痛めたであろう彼の肩をさすります。

他に慰《なぐさ》める方法が思いつかない、ダメな大人ですみません。

「………………っう」

嗚咽《おえつ》を殺して泣く少年の、心の奥底の声が響きます。その場にいる私たち大人の心に。

痛い、痛いよと。

裏切られたつらさを押し殺す涙を、どうしたら止めてあげられるのか、私にはわかりませんでした。

警備隊の威信《いしん》をかけたスリ騒動、そして慌ただしい私の探偵ごっこも、全て終わりを迎えました。

その晩、静かな日常へと戻る前に、私は激しい緊張を感じております。

きっとアレです。彼女をはじめて部屋に連れてきた、男子高校生の心境と同じ。そわそわして落ち着かなくて、意味もなくものを動かしては、戻したりしています。

実は、今、我が家にはじめてのお客様をお迎えしているのです。

大切なはじめてのお客様は、カーラさん。店の方はまだがらんとしているので片付ける以前の問題です。しかし来てもらうのはその奥にある私室ですから、ちょっとドキドキ。

カーラさんを招き入れ、ダイニングの椅子を差し出します。その隙に、今朝使用して床に放置したタオルを、さっと拾って隠しました。

見られないように……あ、やばいです。

ダイニングと寝室につながる扉が全開でした。靴下は脱ぎっぱなし、ベッドはシーツも掛け布団も整えてないですし、昨夜遅くまで描いたスケッチの紙もそこかしこに散乱しています。

「……あ、あははは」

慌てて後ろ手に扉を閉めましたが、時すでに遅し。ばっちり見られてしまったようで、カーラさんはもの言いたげです。

「あんたに期待はしてなかったけれど、さすがに、アレはちょっとどうかと思う」

「あ、アレは…………スミマセン」

オランド亭から借りてきたティーセットでお茶を用意しながら言い訳を考えて、思いつかず素直に謝ります。

「信じられない、あなた、いくつなのよ。料理ひとつしてないの？」

そして今度は、借りてきた食器と使っていないキッチンに、カーラさんが憤慨しています。とんだ小姑《こじゅうと》出現です。

二十歳になって、十三歳の子にこうも叱られるはめになるとは思いませんでしたよ、とほほ。でも仕方ないと思いませんか？　この世界は電磁調理器はおろか、ガスコンロもなし。ライターもマッチも、新聞紙すらないのです。

今も、お茶に使う湯を沸かすために、火種を作って火を起こしている真っ最中。お茶を淹《い》れるだけだって、一苦労なのです。

「貸しなさいよ！」

カーラさんは私をかまどの前から退かせると、手際よく火種に木の皮を薄く剥いだものを被せ、そっと息を吹きかけます。すると、あっという間に炎となり、薪に燃え広がりました。ブラボー！

結局、カーラさんの淹《い》れてくださったお茶で和みます。あぁ、おいしぃ。

「いったい、どんな環境で暮らしていたのよ、あなた。どこかのお姫様か何かかってことは……ないか」

疑問形ではなく、断定ですね。まったくもって正解ではありますが。

「ごくごく普通の庶民ですよ。ただ、私の世界は道具が発達していて、ボタンひとつでお湯を沸かせたり、遠くの人と会話できる機械があるんです。明かりも、火じゃないものがあって、街は夜でも昼間のように明るいんですよ」

「……魔法か何かがある世界なの、それ？」

「残念ながら、こちらと同様……いえ、こちら以上に魔法も不思議な現象もありませんよ。物語の中だけです、魔法なんて」

私からすれば落ち人なるものが存在し、しかも加護と呼ばれる不思議現象も広く知られているこの世界の方が、よほど魔法的です。

だから、はじめて加護に遭遇したときは、猪豚《いのぶた》店主以上にうろたえ、半泣きで隊長さんの後ろに身を隠しました。

カーラさんにそう告げれば、彼女は顔を曇らせます。その現象を目の当たりにしたことよりも、恐らくは彼女が加護に遭遇したきっかけ……彼、ニコラ君の行く末を案じて。

「ニコラは、警備隊に捕まったのね？」

「たぶん」

「…………そう」

恐らく今頃、寺院も警備隊宿舎もおおわらわでしょう。

司祭様が警備隊に拘束されたあと、私は宿舎に戻り、待っていてくれたカーラさんとともに自分の部屋に帰ってきました。

兵隊さんたちにいただいた素朴な木の椅子に、お行儀よく座るカーラさん。ちょこんと揃えられた爪先から、彼女の育ちのよさと真面目さがうかがえます。でも踵《かかと》は頼りなく浮き、細い肩の上まで余る椅子の背もたれの高さは、彼女がまだ幼い少女であると教えてくれるのです。

そんな少女が孤児院に身を寄せているとはいえ、一人で暮らしていると知れば、放ってはおけません。今日ばかりは心細かろうと家へ招きました。

カーラさんは最初は渋っていました。でも朝になったら、宿舎にいるニコラ君に会いにいこうとお誘いしたら、頷いてくれたのです。

彼女の父親の罪を誰もが知るここノエリアは、決してカーラさんにとって居心地のいい場所ではないはず。なのにここに留まっているのですから、よほどニコラ君が大切なのですね。

「ニコラが、あんなことをはじめたのは……きっと私たちのせい」

お茶を片付け終わり、カーラさんがぽつぽつ話しはじめたのは、ニコラ君の生《お》い立《た》ちでした。

「ニコラは、孤児院で育ったの。うんと小さな赤ん坊の頃から、十歳になるまで。私がニコラとはじめて会ったのは、私が六歳でニコラが五歳のとき。あの子が『神童《しんどう》』だなんてもてはやされて、学校の初等部に入学してきたときだったわ。成績優秀で、いきなり三年に編入してきて一緒のクラスになったの」

「神童《しんどう》……ニコラ君はすごいんですね！」

小さな街ですが、ノエリアには学校が三つあるそうです。リュファスさんの講義によりますと、入学年齢は五歳からで、成績によっては飛び級があるとのこと。そして優秀に初等部を修了した子の多くは、ここより大きな州都の寄宿学校に推薦されるのだそうです。

そうすれば、辺境に埋もれずに王都の官職に就くことも夢ではないから。

あれ？　でも確か、カーラさんはニコラ君よりひとつ年上。入学と同時にニコラ君が三年ってことは、二人とも飛び級をしたということですね。すごいです。

「こんな辺境じゃ飛び級する人は少なくて、私たちはすぐ仲よくなったわ。遠慮せずに一緒に勉強できるのが、すごく楽しかったし」

遠慮、ですか。なんとなくその気持ち、私にも覚えがあります。

勉強ではありませんが、自分の興味を持つ対象が人と合わず、フラストレーションが溜まった時期が私にもありました。中学高校の頃は部活で運動して発散していたけれど、大学に入ってからはそのストレスを感じなくなりました。

同じ芸術を目指す仲間がいて、友達になったさおちゃんと夜通し作品とその表現について語ったとき、それまでの全てが報われる気持ちがしたものです。同じ志を持つ者同士、抱える疑問や苦悩はどこかしら似ているものなのでしょう。

「だから二年前、新しく赴任していらした司祭様の目に留まったことを、私は誰より喜んだわ。だって、ニコラはこれでもっともっと勉強できると思ったから。だけど……」

「結局違ったんですね」

カーラさんは、膝の上で硬く拳《こぶし》を握りしめて頷きます。

「私の父が、汚職に手を染めた警備隊の人たちが、あの冷たいニコラの養い親が……ニコラの将来を奪ったのよ」

二人は初等部を修了したら、州都の寄宿学校に行くことが決まっていたのだそうです。だけどカーラさんはお父さんが職を失い、お母さんは隣街の親類を頼って働きに出ることになり、寄宿学校へ進学できる状況ではなくなりました。そしてニコラ君は、特別優秀な子に与えられる学費免除の特待生入学が決まっていたけれど、半年前になぜか取り消されたというのです。

「え、どうしてですか？　だってニコラ君はまったく関係ないじゃないですか！」

「私だってそう思うわよ！　もちろん手紙を出したり、ない伝手《つて》をかき集めて一生懸命訴えたわ。だけど、学校の決定は覆《くつがえ》らなかった」

「……ちょっと待ってください、カーラさん。それは残念というか憤《いきどお》りを感じますが、入学そのものを断られたわけではないんですよね？　だったら、お金さえあれば……」

「ダメなのよ。司祭様が言うには、他の養子たちも特待生ばかりだから、ニコラだけを特別扱いすることはできないって。それはニコラだって承知してる。でも私は……」

「司祭様には、ニコラ君のためにお金を出す気はない、ということですか。……それで結局、どこの学校にも行けなかったと」

カーラさんが頷きます。なんてことでしょう、養い子でしかも孤児だったニコラ君に、それは酷というものです。

「みんな、私たちのせい。王都の学校へはニコラですら難しくて、なかなかよい返事をもらえない。……そりゃそうよね、王都の学校の門戸が広いわけないもの。お母さんは私が学校に行けるようにってがんばって働いてくれてるけど、私はもう行けなくてもいいの。お父さんはいけないことをしたから。家族だもの、私も一緒に働いてお金を返していくわ。でも、ニコラはそんなつらい思いすることないのに。警備隊の汚職がなければ、ニコラが将来を奪われることにならなかったのに。ニコラだって、あんな馬鹿なこと……」

「カーラさんは、ニコラ君と司祭様の関係が悪いのを知っていたんですね」

「ええ。でも、あんなことまで抱えこんでいると知っていたら、何をしてでも止めたわ！　様子がおかしいのはわかっていたけど、私はニコラに悩みを話してもらえなかった。助けになれたかもしれないのに……」

ああ、だから……カーラさんはニコラ君のそばを離れられなかったのですね。

それは、彼に対する罪悪感と愛情。

カーラさんは他の街へ行けば、裕福でなくても一応は平穏な日常を送れます。けれど逃げ出す場所のないニコラ君を、置いてはいけなかったのでしょう。

「それなのに、ニコラは私にこの街から出ていけって。そうすれば犯罪者の娘だって言われなくてもいいからって……」

カーラさんに対してトゲのある言葉を使ったニコラ君を思い出します。

不器用な少年の、精一杯の思いやり。きっと二人とも、互いに相手に対して同じことを願っていたのでしょう。カーラさんもそれをわかっていて、だから余計に切ないのです。彼女の頬を涙が伝います。

「カズハ、私に何ができるかな。ニコラには罪を償って、そしてちゃんと幸せになってほしい。ニコラのために、私は何をしたらいいの？」

誰かの幸せを願う。

カーラさんの願いは、特別なことではありません。それを叶えてあげたい。

私も願います。ニコラ君は幸せになるべきだと、大切にされているのだと彼が知ることを。

「……信じましょう、ニコラ君を！」

「信じる？」

「罪は償うべきです。そしてそのあとに立ち直ってこそ、償う意味があるんですよ。それとも彼は根っからの悪人ですか？」

「いいえ！　とても優しい子よ」

「うん、だからね。そうやってこれからも彼を信じてあげましょう。お金を盗るのは間違った行いだったけれど、きっとそれは彼のしたかったことじゃないと思います。だから彼の話を、カーラさんも聞いてあげましょう。ね？　そうしたらきっと隊長さんや私たち大人が、知恵を絞って考えます。彼がもっと幸せになれる道を」

何度も頷きながら涙を拭くカーラさん。私はもうひとつの願いにも想いを馳せます。

独房で膝を抱えるニコラ君が、今一番叶えたい願い。

私にできることは限られているし、彼の願い全てを叶えてあげられるなんて、思ってはいません。ですが、そんなことはどうだっていいのです、願いは口に出さなきゃ。特に子供は、大声で。

「明日、ニコラ君に会いにいきましょう」

「……会えるかな」

「きっと会えます、明日じゃなくても、明後日だって大丈夫。強引にでも、面会をもぎ取ってやります、ねじこみますとも。ファイト、オー！」

自信満々にそう言ってみせれば、カーラさんの顔にはいつの間にか笑みが戻っていました。

その日は、狭いベッドに身を寄せ合うようにして、二人で眠りました。修学旅行気分で女の子の話題で盛り上がり、たくさん語り合いました。カーラさんはいつものツンな調子を取り戻し、何度も鋭いツッコミを入れていただきました。もう、癖になりましたよ。

向かいの警備隊宿舎では、ニコラ君はきっと孤独な一夜を過ごしていることでしょう。明日に絶望し、自棄《やけ》になっているかも。でも私たちにできることは、今はありません。

全ては夜が明けてからです。


翌朝、私とカーラさんは警備隊宿舎に押しかける前に、隊長さんに呼び出されました。

大慌てで行ってみると、そこには先客が。ニコラ君の養い親であり、昨日私に刃物を突きつけた、ガスティネル司祭様です。

ちょうど隊長さんの執務室前を通り過ぎるところだったガスティネル司祭様は、後ろに手を回して縛られています。老人は権威ある白い衣を脱がされ、質素な服をまとっていました。

しかし顔は強く前を向き、どこか不遜な態度。人を見下すかのように、眉をひそめて隊長さんを睨《にら》みます。白髪の方が多い髪は整えられ、細くて深いシワと、鋭い目付きが強烈です。とても反省していようには見えません。さすが、『砂かけジジイ』。

つい、心の中で悪態をついてしまいました。

どうやら取り調べを終えて、再び牢屋に戻るところのようです。

すれ違いざま、司祭様は自分を解放するように、せめて貴賓として扱えと隊長さんに訴えます。

信じられません。当然許可をもらえず、最後には捨て台詞《ぜりふ》を吐いて引きずられていきましたよ。

『『いつまでも大きな顔ができると思うな』って、何する気ですか、あの人。やっぱり権力者とつながっていて、隊長さんを辞めさせるとか？　それとも、とんでもない性癖をもっているみたいな悪い噂を流すとか、三流ドラマみたいな展開でしょうか？　牢屋の中からそんなことができるなら、むしろすごいですよ、砂かけジジイ」

「砂かけジジイとはなんだ」

あ、またしても、心の声が漏れていたようですね。独り言は聞き逃《のが》してくださいよ、隊長さん。

「砂かけジジイというのはですね、妖怪砂かけババアからきてます。あの司祭様のような、全身白い出で立ちに、ギロリとした眼光の妖怪です。それで、人に向かってパパッと砂を振り撒《ま》く、はた迷惑行為を繰り返す輩《やから》と言ったらわかるでしょうか。そもそも妖怪っていうのがですね……」

「……カズハ」

「なんですか、隊長さん」

「あとにしろ」

「……ハイ」

コッソリ舌打ちする私をよそに、隊長さんは私の後ろにいるカーラさんに問います。

「少しの時間なら、ニコラとの面会を許可できる。会うか？」

カーラさんが驚きで目を見開き、そして慌てて頷きます。頬を染めながら、何度も何度も。

当然私も同席できると思っていたのに、そばで見守っていた副官リュファスさんに阻止されました。まあ、そこは仕方ないですね。隊長さんに付き添われたカーラさんを見送り、リュファスさんと執務室でお留守番です。

「ニコラ君は、このあとどうなるのでしょう」

「全てはこれからだけど、まず罪からは逃《のが》れられないだろうね。余程のことがない限り」

「余程？　どれくらいの余程ですか」

「たとえば、芋蔓《いもづる》式に他の重要案件が出るくらい、かな」

机に戻り書き物をするリュファスさん。淡々とした口調でしたが、何かを含むかのような物言いです。……期待、していてもいいのですか？

「ところで、君とカーラ嬢とは、ずいぶん珍妙な組み合わせだよね？」

「それって、主に私に失礼な方向で言っていますよね？　カーラさんとはもう、マブダチなのです。そしておねーさんは恋のキューピッドでもあるのでーす」

「……よく、わからないけど、なぜか嫌な予感しかしない」

書類仕事をしていた手を止めて、リュファスさんが睨《にら》んできます。

名付けて、『恋をあと押ししちゃいましょう、これで寂しい独身生活ともおさらばだぜ』作戦の詳細を語ったところで、ゲンコツをもらいました！

乙女なカーラさんの初恋を応援しつつ、隙のない独り者をソフトに矯正し、そして救済までしてしまおうという素敵作戦なのに。

ひどい、リュファスさんのバカ！

「そんなに怒るなら、わかりました！　もっといい作戦名にします！」

「……空気を読めよ！　その浅はかさでノエリア支部に屍《しかばね》の山でも作る気かい？」

「いたい、いたい～」

ぎゃー。わけわかんないけど、ごめんなさい。ゲンコツで頭をぐりぐりしないで～。

「何を遊んでいる？」

そのとき、カーラさんを連れて帰ってきた隊長さんに助けられました。

やれやれ、リュファスさんは隊長さんに関しては、洒落《しゃれ》がきかないんだから。

短い面会でしたが、カーラさんは自分の想いをニコラ君にきちんと伝えることができたみたい。

目を赤くさせたカーラさんは、どこかスッキリした表情です。

「ニコラの話はあまり聞けなかったけれど、約束はしてくれたわ。隊長さんには全て話すって。だから、私は信じて待つ」

「そうですか、よかったですね。カーラさん」

あとは隊長さんたちに任せて、私たちは待つことにしました。ニコラ君の帰りを。

その翌日から、カーラさんは地元の学校の中等部に通いはじめました。近いうちにお母さんのいる、隣街ローウィンというところにある学校へ、編入準備をするためです。働くお母さんの手助けをするには、きちんと学校を出るのもひとつの方法です。そうすればニコラ君が、カーラさんの心配をしなくてもよくなりますしね。

そして私はといえば、ひたすら描いています。

実はこれもカーラさんの願い。生まれ育ったノエリアの街を愛するカーラさんが心細くならないように、風景画をプレゼントすることになりました。パイを一緒に食べた日、私の描いたスケッチを見て、心動かされたと言ってくれました。

その言葉は、絵描き冥利《みょうり》に尽きるのです。

ニコラ君が警備隊に連れていかれて、すでに五日。彼と司教様が警備隊宿舎で身柄を拘束されていることは、すでに街の人々に知れわたっています。

取り調べを受けたニコラ君は、隊長さんに全てを語りました。

司祭様は、寺院の寄付を前任の警備隊長さんたちから水増しさせて、その分を着服していたそうです。着服の裏帳簿を見つけ、奪ったニコラ君。しかし帳簿の処遇に困り、隠しました。

当初、ニコラ君の胸にあったのは、尊敬する司祭様が悪事を働いたなんて信じたくない気持ち。そして、もし悪事が本当で司祭様が捕まったとしたら、自分以外の司祭様の養子たちは、今後どうなるかという心配。

しかし帳簿をしっかり確認して司祭様の悪事を確信した彼は、罪を明らかにしようと決心しました。父親の横領事件で苦しむカーラさんを見ていたら、やはり司祭様を見過ごせなかったそうです。できれば、司祭様に自首してほしい。それと同時にニコラ君の胸にあったのは、半年前の捜査で司祭様の悪事を取りこぼした警備隊に対する反発。

大人に対する不信感で、ニコラ君は盗難事件を起こしました。警備隊の捜査を促すことと、自分が捕まって司祭様が心を変え、自首してくれればいいという思いがあったそうです。

自分を心配してくれるカーラさんの状況も、ニコラ君は歯がゆかったといいます。彼女にきつく当たったのは、やはり、早くこの街を出て偏見や差別から解放されてほしかったから。

間違った行動を選んだことも、そんな態度でしかカーラさんへの気持ちを表せなかった幼い自分も、今はとても悔いているそうです。

――さあ、数日前から描き続けていた絵も、そろそろ仕上げです。カーラさんの要望通り、孤児院の赤い屋根と蔦《つた》の這う壁、そこに続く丘の階段。それから、眼下に広がる、揺れる麦穂。昼下がりの風景です。

空は青くどこまでも澄んでいて、風に乗ってカーラさんが住むことになる隣街までたどり着けそう。自分で言うのはなんですが、これはなかなかいい出来ですよ。

ふと、風景画に描いていない人影がふたつ、こちらに近づいてきます。

彼らを、私は微笑みで迎えました。

「私が最後でしたよね。思ったより早かったですね、ニコラ君」

目の前に来て、私の可愛らしいケロちゃん財布を差し出すニコラ君。そして傍《かたわ》らには、彼を優しく見守る隊長さんがいます。

「お金を盗ってすみませんでした！　もう二度とこんなことしません」

私は彼から、財布を受けとります。中にはちゃんと、セリアさんから預かったのと同じ金額が入っていました。カーラさんからも話はうかがっています。彼女が紛失した市場での売り上げも、彼女を通じて孤児院へ返されたそうです。

ここ数日、ニコラ君は盗んだお金を一人一人に直接返して回っていました。最後の被害者である私は、お詫《わ》び行脚《あんぎゃ》の終点です。

「確かに、返してもらいました」

前に会ったときより、ずいぶん大人びて見えるニコラ君。その利発そうな顔が、不安に揺れています。

お詫《わ》びを言って回った間、彼はきっとたくさんの罵《のの》りや軽蔑、落胆や拒絶を乗り越えてきたはずです。それも、今日が最後。

私は大切なケロちゃんを胸に、できる限りの笑みで、ニコラ君の謝罪を受け入れます。

「私はあなたを、許します。よく、がんばりましたね、ニコラ君」

ニコラ君が「ありがとう」と答えると同時、綺麗な雫が、輝きながら落ちて消えていきました。

彼が私の許しを得た翌日。

彼の養い親、砂かけジジィ……もとい、ガスティネル司祭様が正式に更迭《こうてつ》されました。司祭の地位を追われ、王都にある本部預かりで、一修道士からやり直すのだそうです。

何人かいた司祭様の子供たちは、それぞれ養子縁組を外されました。ニコラ君もただのニコラ君になり、新たな出発を迎えたのです。

そうそう。出発といえば、カーラさんはその三日後にノエリアを旅立ちました。隣街からお母さんが迎えにきて、隊長さんに何度も頭を下げていたそうです。今頃は、二人で仲よく暮らしていることでしょう。

そして私はといえば、相変わらずです。

朝はセリアさんのお手伝いをして、午後は絵を描いています。あ、そうそう、店で絵がいくつか売れました。オランド亭に泊まったお客さんが買いにきてくれたんです。宿の食堂に飾ってあるラウールさんの絵を見て、私の店を知ってくれたみたい。ちなみにそのラウールさんの絵は、以前動きだしたスケッチ画ではありませんよ。セリアさんのために、この世界で手に入る顔料を使って描いた、色彩画です。

他のお店にも絵を置いてもらえたら、評判も広がるんじゃないかな。

そんな皮算用をしていますが、今日描いているのはお店に出すものではなく、再びカーラさんに頼まれた風景画です。寺院を背にノエリアの街を見下ろす風景を描いています。離れた地で罪を償うお父さんにあげたいと、彼女に依頼されたのです。親孝行ですね。

えーと、それはまあ、いいのですが……

「真っ昼間から、油を売っていていいんですか、隊長さん？」

「二時間、非番になった」

「……リュファスさんに言い渡されましたね？」

「ああ」

部下に強制的に休業させられている隊長さんが、私の後ろで胡坐《あぐら》をかき、ぼんやりしています。

そういえば、最近休んでいるのを見かけませんでしたもんね。

「ねえ、隊長さん？」

……あれ、返事がないです。

「隊長さんってば」

「……非番中」

「アルベリックさん？」

「なんだ」

ぷふっ、子供ですか。

「ニコラ君は、これからどうなるんでしょうか？」

「新しい里親に引き取られる」

「え、もう決まっているんですか？」

「ああ」

「ど、どこに？　誰ですか！」

展開が早いですね。こういうのは、あまり早く決まらないと勝手に思っていました。

「エリック・ロレンス夫妻が引き取る。王都に行くことになるだろう」

「王都？　そんな遠くの人のもとへ……まさか、また変な人じゃないですよね？」

「寺院関係者ではない。王都で……以前官職をしていた人間だ。成績優秀な子供への学費援助事業にも関わったことがある。学校の入学手配を済ませたら迎えにくるだろう」

それを聞いて、安心しました。カーラさんの願いが、早くも叶うのですね。

「ニコラ君は、新しい家族とも上手くやっていけるといいですね」

「心配ない、アンジェは可愛げのない子供の面倒は、見慣れている」

「アンジェって……そのロレンス夫人ですか？　アルベリックさんのお知り合い？」

「……アンジェリーク・ロレンスは私の姉だ」

「お、お姉さんー!?」

予想外の言葉に、思わず手を止め振り返ります。アルベリックさんは気だるそうにジャケットを脱ぎ、シャツの襟元を寛《くつろ》げていました。

私の視線に気づき、聞き返した意味を考えているようです。

「おかしいか？」

おかしくは、ないですけどね。

隊長さんなりに、信用の置ける方を選んだのでしょう。でも、どうしてそこまでするんですか？そう聞こうとして思い出したのは、盗んだお金を返して回るニコラ君に、ずっと付き添ってあげていたアルベリックさんの姿。

きっと街の人たちは困っただろうな。ふふっ、警備隊の強面《こわもて》隊長さんに見られていたら、すごいプレッシャーに違いないです。

隊長さんは、一緒に頭を下げて回ったに違いありません。

私はまた絵に向き直ると、手を動かし、仕上げにかかります。隊長さんは黙ったまま、背中合わせに座っています。

日差しはすっかり暑く肌を刺すようになったけれど、木陰に吹く風がとても心地よい午後です。ときおり通りかかるのはのんびり走る荷馬車くらいで、本当にのどかな街です。

「ニコラ君にも、この美しい景色を持たせてあげたいです」

「そうしたらいい」

そんなアルベリックさんの返事に、つい笑みがこぼれます。

持っていた筆を置いて、背もたれにするようにアルベリックさんにもたれかかりました。私が寄りかかったくらいでは、びくともしない大きな背中です。とても安心するのですよね。

「ねえ、アルベリックさん。……私、絵を描いていていいのでしょうか」

「なぜそう思う」

「あの加護は、ちょっと……怖いです。最初のときはスケッチブックの中で動いただけでしたが、今回は浮き上がっていましたし」

いろんな意味で、怖くなるときがあります。

使い方次第で悪用できるんじゃないかとか、このまま描いた絵がどんどん暴走するとか。悪い想像はしたくありませんが、わからないからこそ不安になるのです。

「描きたくなったのか」

「ううん、描きたいです。描きたいから、困っています」

「なら、描けばいい」

振り向けば、肩越しにアルベリックさんの碧《あお》い瞳と見つめ合って、吸いこまれそうになりました。

相変わらず、容赦なしにまっすぐなんだから。

「……それで、いいのですか？」

「いい。なんとかする」

あまりにも簡潔な答えに、私は拍子抜けしました。再び前を向き、彼にもたれかかります。

「そんな簡単に言ってくれちゃうんですね……。真剣に悩んで、馬鹿みたいじゃないですか」

「そうか」

アルベリックさんが言うと、本当になんでもないことのように思えるから、不思議。

「悩んで損しました。ほーんと、こんなにいい天気なのに」

「ああ、そうだな」

青い空は高く澄んで、不安なんてどこ吹く風です。きっとこれからもこの空の下、カーラさんも
ニコラ君も、そして私も、前を向いて歩いていくのです。

その五日後、ニコラ君はノエリアを旅立ちました。

小さな胸に、希望を抱いて。

第三章　想いはかがり火にのせて

「ふっふふーの、ふーん」

本日は真新しい買い物カゴをぶら下げて、セリアさんのお使いなのです。

このカゴは私にとっては昔懐かしい、籐《とう》のような蔓《つる》を編んで作られたもの。加えてセリアさんが私のために、カゴの外側に刺繍《ししゅう》を施してくださいました。財布と同じケロちゃん柄でして、すっごく可愛くてご機嫌なのです。だからですね、鼻歌とスキップが自然と出てしまっても仕方ありません。

「たーのもーう！」

私が来たのは、猪豚《いのぶた》店主のいる肉屋さん。今更ですが、その名は『アルマの肉店』です。今日も例のごとく、セリアさん特製ミートパイのためのお使いです。いえ、ミートパイとは申しましても、牛肉では決してないのですが……。まあそこはその、察してください。

「あら、いらっしゃいカズハ」

「あれ、珍しいですね、アルマさんが店番ですか？」

私の、ちょっと一般的でないだろうかけ声で出てきたのは、真っ赤な巻き毛が印象的な、くっきりした目鼻立ちの女性。加えてボンッキュッボンで、大人の魅力満載です。えーと、この表現で伝わりますか？

とにかくノエリア一番の美女です！

「いやぁね、違うわよ。うちの馬鹿亭主なら、じきに出て来るから待ってな」

「はーい」

この方はアルマ・コルトーさん。聞いて驚くがいいのです、猪豚《いのぶた》もとい肉屋店主、セザールさんの奥様であり、腕の立つ狩人さんでもあるのです。

アルマさんはその風貌《ふうぼう》にふさわしくない斧や弓、小さめとはいえがっしりとしたベルトのついた背負子《しょいこ》を持って、店先に出てきていました。豊満なボディーを厚手の地味な服に隠し、いくつもの武器を体に身につけていく様子は、手慣れたものです。

そういえば以前、エルザさんの店前で探偵ごっこをしていて見かけたのが、最初の出会いでした。あのときはちょうど狩りからの帰りだったようです。家畜の鳥なども食用として売買されていますが、セリアさんのパイに使われるように、野生のおいしい肉が豊富に捕れる辺境では、まだまだ狩人さんは大活躍なのです。

「これからまた狩りですか？」

「ああ、仲間から北の森にいい獲物が流れてきたって聞いてさ。遅れを取るなんてアルマ様の名がすたるからね。それにこの季節はこまめに狩らなくちゃ、商売上がったりだから」

わあ、天使様のような美しいお顔で、にやりと笑って「獲物」って……シュールです。

この世界は日本のように便利な機械はありませんから、夏場は加工肉の割合が高くなります。しかしそればかりでは、お客さんは満足しないもの。夏本番を迎えた今、獲物をちょくちょく仕入れに行かなくてはならないのだそうです。地下にある貯蔵庫も活用してはいるそうですが、限度があるんですね。

あって当たり前と思っていた冷蔵庫。今やその四角い箱に、郷愁を感じまくりなのです。

「ところで、カズハ。あいつ、あんたにちゃんと謝ったんだろうね？　あたしがいない間に、ずいぶんと勝手をさせちゃってさ、本当に悪かったと思っているんだ」

「アルマさん、大丈夫です。セザールさんはちゃんと謝ってくれましたよ？　アルマさんは気にしすぎです。いくら狩りに出かけていてあとから知ったからって、あんまり責めたら可哀想です」

「可哀想？　あれに、そんな可愛げがあるもんか」

以前、猪豚《いのぶた》店主……いえ、セザール・コルトーさんが、私の言葉を信じず、買い物をさせずに追い返したことを知り、アルマさんはそれはもう激怒しました。セザールさんを追いかけ回し、泣いて土下座するまで問い詰めたそうで……

それを果物屋のエルザさんから聞かされたときは、どうしようかと思いました。私がきっかけで大変な事態になったのですからね。しかし、エルザさん曰《いわ》く『いつものこと』らしいです。アルマさんの尻に敷かれたセザールさんが『捨てないで』と泣き出すのは、ノエリアの街の日常だとか。

よくよく聞けば、私がニコラ君のスリにあった日、セザールさんはアルマさんと喧嘩をしたすぐあとで、八つ当たりもあったみたい。しかも喧嘩した勢いで、アルマさんは予定外の狩りに出たまま戻ってこなかったのだそうです。なんてアクティブな奥様でしょう。

いやいや、セザールさんが情けなさすぎるのでしょうか。その猪豚《いのぶた》顔と巨体で、人目もはばからずに泣かないでくださいね。

……うん？　泣く……なんか、引っかかるような。

少し気を取られていると、店の奥から大きな体を揺らしてセザールさんが出てきました。

「ま、待たせたな」

「こんにちはー。いつものください」

「お、おう。ちょっと待ってろ」

チラチラとアルマさんに視線を送りつつ、お肉を量り分けてくれるセザールさん。ほんのり赤ら顔なのは元からなのか、それとも美しい奥様を見てのことなのかは、私には判別不能です。

おっと、そんな女々しいセザールさんに向かって、アルマさんが舌打ちしましたよ。とたんにセザールさんが青くなったので、どうやら後者だったようです。

「じゃあ行ってくるから、あとは頼んだよ」

「も、もう行くのか？」

「当たり前だろ、ぐずぐずしてたら逃げられちまうじゃないか」

私がお金を支払っている間にも、セザールさんは半泣きです。そんな夫を無視して店を出ようとしたアルマさんが、ふいに立ち止まります。ちょうど誰かが入ってきたみたいですね。

「あら、隊長さんじゃないの、カズハを探しにきたのかい？　ずいぶん過保護だね」

「狩りにいくのか」

アルマさんの格好に気づいて、店に入ってきたアルベリックさんは一言。

「ああ、いい情報が入ってね、ちょっと留守にするよ」

颯爽《さっそう》と店を出ていくアルマさん。対する猪豚《いのぶた》店主は、別れを惜しみ涙ぐんでいます……。これからは猪豚《いのぶた》ではなく、泣き虫店主と呼んでもいいかもしれません。

とはいえ、このまま放ってもおけないので、鼻をするセザールさんに話しかけます。

「ねえ、セザールさん。この前も、もしかして泣いていたりしましたか？」

「ああ？　この前っていつのことだ？」

「ほら、あのニコラ君の絵が動いたときですよ。絵が動く前に、泣いたりしました？」

「……ああ、あのとき。そういえばそうだったな。あのときは、怒って飛び出したアルマがどこに行ったのかもわからなくてなぁ。本当にどうしたものかと、帳簿をつけてる間に涙があふれてきて」

思い出したのか、再び滝のように涙と鼻水を流しています。……汚いけれど、憎めないおじさんです。

確か、お母さんの絵が動いたときは私が、ラウールさんの絵が動いたときはセリアさんが泣いていて……

そのとき、アルベリックさんが私を呼びます。

「カズハ」

「え、あ、はい。すみません、忘れていました。そういえば私に用ですか、アルベリックさん？」

「お前に仕事の依頼がきた」

「……仕事？」

「肖像画《しょうぞうが》を描いてほしいそうだ」

「本当ですか！」

肖像画《しょうぞうが》だなんて、はじめての依頼です。

にがお絵屋をはじめて早ひと月、細々としたものは売れています。ただ、まだまだ家賃を支払うまでには至っていないのが現状です。

にがお絵や風景画ではなく、肖像画《しょうぞうが》というくらいですから、もしかしてリッチなお客さんなのでしょうか。いけないいと思いつつも、ちゃっかり頭の中で皮算用をはじめてしまいます。

「依頼主はどんな方ですか？　それに、なぜアルベリックさん経由なのでしょう」

「依頼はノエリア領事、コリーヌ婦人からだ」

「なんと、そりゃすごいじゃないか、カズハ！」

いち早く反応したのは、セザールさんでした。どうやらビックリして涙も鼻水も吹き飛んだようです、よかったですね。

「とりあえず、使者を警備隊宿舎のほうで待たせてある。詳しい話はそれからだ」

領事様の使者ということは、やっぱりあれですか？　執事さんとかメイドさんとか、めくるめく夢のような別世界の住民さんでしょうか。

私が妄想をはじめていると、腕を取ってくるアルベリックさん。またしても引きずられるようにして、アルマの肉店をあとにしました。

駆け出しのにがお絵屋ではありますが、相手は領事様です。これを成功させれば、次のお仕事につながるかもしれません。

うん、がんばろう。

使者、お使い、執事、メイド、秘書……

どちらかといえば、メイドさんかお色気ムンムンな女性秘書が好みです。あ、ムンムンは死語でしょうか？

とはいえ、「お前はどこのオヤジだよ」というツッコミでしたら、甘んじて受けましょう。可愛いもの、美しいものを愛《め》でない芸術家は、いないのです。

それだけ楽しみにしていた私の前に現れたのは、見慣れた人物。結論から申し上げればですね、至極残念なのです。

「その、あからさまに残念そうな顔、やめてくれるかな？　カズハちゃん」

隊長さんの執務室にある応接スペースに鎮座していたのは、副官リュファスさん。

どうして彼しかいないのでしょう、使者の方は？

「ここで長くお待たせしちゃ、失礼だからね。隣の応接室にいてもらっているよ」

「応接室！　そんなものあったんですか？」

「まあ、一応ね。隊長は嫌がるけど」

苦笑いのリュファスさん。いったい何を嫌がるのかわからなくてアルベリックさんを振り返れば、視線を逸《そ》らされました。

使者の方をあまりお待たせしてはいけないので、アルベリックさんが手短に失礼のないご挨拶《あいさつ》の仕方を教えてくださいます。領事様ご本人ではないので、丁寧に話せば問題ないとのことでホッとしました。

「コリーヌ婦人は少々個性的だが、悪い人ではない。一度お前と会ってから、依頼をするかどうか決めたいらしい。どうする？」

「どうするって……」

選択権があるのだろうかと疑問に思うものの、今の私に断る理由はありません。とはいえ、気になることもあるのです。

「やってみたいのですけど、少し条件があります。そうお返事してもいいですか？」

「条件？」

「はい。手持ちの絵の具がなくなりますので、画材を用意していただけるとありがたいです。それと、こちらの画材に慣れていないので、制作時間に余裕があると助かります」

アルベリックさんはひとつ頷いて、わかったと答えてくれました。

私の意思を確認すると、なぜかアルベリックさんとリュファスさん、お二人揃って応接室に案内してくださいます。

緊張で少しうつむきながら入室すると、視界に入るのは落ち着いた印象の部屋。

中央に置いてある革張りの大きなソファに、年配の男性が座っていました。

私は、教わった通りに頭を下げてから、ようやく姿勢をびしっと戻します。

――そして、あまりの威圧感にぎょっとしました。

執務室よりは小さめの部屋を、見下ろす目、目、目――

大勢の人の目に見下ろされ、息が詰まりそうです。四方の壁にずらりと並ぶのは、肖像画《しょうぞうが》。皆さん同じように隊長服に身を包み、精悍《せいかん》な表情です。

なんだか説教でもされているような気分になり、脂汗を流してしまいそうになります。

アルベリックさんがこの部屋を使いたがらない理由はコレだったのですか。使者さん、よくこんなところで待てましたね。といいますか、本当に待たせて申し訳ありません。

使者の方は立ち上がり、私を見て微笑みました。意外に背が高い方で、私は見上げてしまいます。

彼はこちらの世界で礼服にあたる黒の服をまとっていて、丁寧にご挨拶《あいさつ》していただきました。

「あなたがカズハ様ですね。私はノエリア領事ラクロ家にお仕えする、執事フェルナンと申します」

「カズハ・トオノです。お待たせして申し訳ありません」

見た目通り、やっぱり執事さんでした。ですが、彼の自己紹介に少々引っかかりを覚えますよ。

ノエリア領事のラクロ家、ラクロ……。ええと、そういえば領事様って、なんて名前でしたっけ？

「ラクロ家……？」

「リュファス。カズハには教えていないのか？」

「……はい、まだ」

首をかしげる私に気づき、アルベリックさんがリュファスさんをとがめるように見ます。彼の視線を受け、肩をすくめるリュファスさん。

どうしたのだろうと思っていると、リュファスさんが観念したように説明してくれました。

「領事……については、説明したよね」

「えーと、はい」

ここジルベルド王国の統治については習いました。王都は国王領ですが、各地は五つの州に分かれていて、それぞれに州知事がいます。それはさらにいくつかの領に分割され、ここノエリア領にも知事が一人。

領知事を領事と呼んでいますが、日本でいうところの領事とはちょっと異なります。まあ、領主さんのようなものですが、一応任期があって国王から任命されるのです。以前は中世ヨーロッパのように貴族様が自領として治めていたようで、体制が変わっても多少名残りはあるのだそう。

リュファスさんによれば、これからはもっと実力によって平民でも領事となったり、国政に関わる者が増えていくだろうとのことです。今の国王陛下が、そう願っているのだとか。

そこまでは覚えているのですが……

ノエリア領事様の名前を聞き逃《のが》しただなんて、鬼教官の前では口が裂けても言えません。そんな私の考えを見抜いたのか、リュファスさんが言います。

「そんなにビクつかなくてもいいよ、まだ教えていないから」

「……なぁんだ、焦ったじゃないですか。それならそうと早く言ってくださいよ」

「ノエリア領事の名はコリーヌ。コリーヌ・ドゥ・ラクロ。僕の伯母《おば》だ」

ホッとしたのもつかの間。いま私の顔は驚きのあまり、『ムンクの叫び』のようになっていると思われます。

……お、お、伯母《おば》ですって？

「そ、そういえば、セリアさんが『坊っちゃん』って」

「セリアは若い頃、伯母《おば》の屋敷で働いていたことがあるんだ。僕はよく伯母《おば》の家に遊びにいっていたから、昔から知っているんだ」

なんで、もっと早く教えてくれなかったんですか。いいとこのお坊っちゃんだと知っていたら…………いえ、あまり態度は変わらないかもしれませんね。

とにかく、驚いた顔がなかなか元に戻りません。

「リュファス様は、主人夫妻にとても可愛がられておられましたので」

執事フェルナンさんの言葉に、彼の存在を忘れていたことに気づきました。

いけない、いけない。

フェルナンさんは私たちの様子を黙って見ていたようですが、彼の表情はにこやかなまま。さすが執事さん。

「すまない、フェルナン。話を続けよう」

「はい、リュファス様。では失礼します」

リュファス様だって……ぷぷっと噴き出すと、睨《にら》まれました。

ようやく揃って椅子に落ち着いたのを見て、フェルナンさんは懐《ふところ》から一通の封筒を取り出しました。どうやら、領事コリーヌ婦人からの依頼に関するお手紙のようです。

お手紙を手渡された私は、少々荷が重いような気がしてきました。だって、映画でしか見たことがないような、蝋《ろう》で封をしてある手紙なんですよ。

「フェルナン殿、私が読ませていただいてよろしいか」

「もちろんでございます。カズハ様さえ、よろしければ」

アルベリックさんの助け舟に、私はすぐさま飛びつきました。

私が全力で手紙を差し出すと、アルベリックさんは受け取って封を切り広げます。一通り目を通すと眉を寄せて、その碧《あお》の目をひときわ鋭くさせたのです。そして執事さんに問いました。

「本気か？」

「もちろんでございます」

執事さんは動じません。

アルベリックさんの睨《にら》みを笑顔でスルーできる人、いたんですね。

そう呆けていたら、執事さんが私に向かってにっこりと微笑まれました。

「カズハ、お前次第だ」

「え、どういうことですか？」

「手紙によれば、コリーヌ婦人は自身ではなく、存在しない人物の肖像画《しょうぞうが》を依頼したいようだ」

「……まさか」

驚きの声を上げるリュファスさんは、思い当たることがあるようです。

フェルナンさんが、そんなリュファスさんに頷き、あとを続けました。

「カズハ様。コリーヌ様は、亡くなられた旦那様の肖像画《しょうぞうが》をお望みなのです」

亡くなられた方の、肖像画《しょうぞうが》……

これは少々個性的どころか、とんでもない依頼なのではないのでしょうか。

ついうっかり皮算用したちょっと前の自分に、ツッコミを入れたいです。


「それで、なんて返事をしたの？」

特製パイを大きな口に放りこんで、アルマさんが聞いてきます。先程から、目の前で次々に消費されてゆくパイ。私も負けじと、大口でかぶりつきます。

「……こちらの条件はお伝えして、先方さえよろしければお引き受けすると、答えました」

「条件っていっても、材料は向こう持ちってだけでしょう？　それなら大丈夫さ。奥様ならそういったことにも精通されているし、そもそも材料を用立てすることは、よくある話だからね」

私たちのお茶をつぎ足しながらフォローしてくれるのは、セリアさん。領事様の屋敷で働いてる間、何度か画家が出入りしていたのを覚えているそうです。コリーヌ婦人についても教えてくれました。

仲がよろしかった旦那様が二年前に亡くなられ、婦人は失意のあまり、しばらく政務から離れていたそうです。だけど本来はとても誠実で、職務に厳しいお方だとか。

ところで、ここはオランド亭の食堂。何をしているかといいますと、猟から帰っておいしいパイの材料を届けてくれたアルマさんと、私、セリアさんの三人でただいま女子会がてらのランチタイムなのです。

おいしいものと世間話さえあれば幸せなのが、女子。それは世界が違っても変わりません。

「正式に肖像画《しょうぞうが》を依頼されるかどうかは、明日お会いしてから決めるそうです。そのときにいくつか絵を持参しようかと思います。ただ心配なのは、私が肖像画《しょうぞうが》を描けるかどうかで……」

「そうねぇ、亡くなられた旦那様だものね」

「旦那様のことは、セリアがよく知っているだろう？」

「アルマ、無茶を言わないでおくれよ。お人柄や思い出はいくらでも教えてあげられるけど、知りたいのは容姿だろう？　見せてやることはできないからね」

「そりゃ、違いない」

アルマさんは豪快に笑うけれど、私は少し気が重いのです。

セリアさんいわく、亡くなった旦那様の肖像画《しょうぞうが》はいくつかすでにあるとのこと。絵のリアルさを求められている気がしますが、それだけではないように思います。きっと、コリーヌ婦人はそれでは満足しきれない「何か」が欲しいのだと思うのです。はたして私に、それが描けるのでしょうか。

「そういえばさ、芸戯団《げいぎだん》が到着したって聞いたよ、セリア。このあと覗きにいかないかい？」

「本当かい？　もうそんな季節になったんだねぇ……。でも今日はうちの人がまだ戻らないから、やめておくよ。カズハは行ってきたら？」

「……ふぇ？」

私は突然話を振られて驚いたものの、状況を把握すると口に詰めこんだパイをお茶で流しこみ、身を乗り出します。

「行く行く！　行きたいです！」

「そう言うと思ったよ、よし案内してやる」

アルマさんって面倒見がいいのですね。感激していたら、セリアさんが教えてくれました。今日ノエリアに到着したのは、アルマさんお気に入りの役者さんがいる芸戯団《げいぎだん》なのだそうです。なんだ、アルマさんってばミーハーなんですね。ご主人のセザールさんが聞いたら、また泣いちゃいそうです。


背が高くて凛《りん》としたアルマさんと並んで歩くのは、とても目立つみたい。市場を抜けて広場に到着するまでに、たくさんの方々に声をかけられました。若い男性のナンパのようなものから、けっこうなお年を召したおじ様の視線まで。多くの方が彼女の魅力に引き寄せられています。

当のアルマさんは慣れたもので、面白くなさそうにあしらっています。そんな様子に、セザールさんの心配する気持ちがわかる気がしました。

ちなみに私には、あいかわらず果物や野菜など、子供のお駄賃的施しものが……。今まで気にしてなかったものの、ここにきて女としてそれもどうかと思えてきましたよ。

「あんたにはほら、レヴィナス隊長がいるだろう。日頃あんな猛犬注意の看板を連れてて、声かける奴がいるかっての」

「猛犬注意って……それはちょっとひどくないですか。あれでけっこう、心配性で優しいんですよ。それから、そんなに連れ歩いていませんから」

アルマさんは私を見て、ニヤリと笑います。

「そういや、レヴィナス隊長めがけて落ちてきたんだっけね……幸運の玉鋼《たまはがね》は、隊長の手の中か」

「……たまはがね？　なんのことですか」

「言い伝えさ。鋼《はがね》を鍛えるときに散る火花と一緒に、幸運も世界に散らばるって言われている。そして火花の落ちる先には、波紋のように幸運が…………あ、ほら見えてきた」

引っかかることを言われたような気がするのですが、アルマさんの指さすほうを見ると、そんな疑問も吹き飛んでしまいました。

石畳の中央広場に、人だかりができていますよ。

人垣の先に、見たこともない大きな幌馬車《ほろばしゃ》が三台並び、長いさおのような木材が下ろされています。その木材が次々に組み立てられ、足場に似たものができあがる様《さま》は、圧巻なのです。

到着したときから、出し物がすでにはじまっているかのようで、なんだかワクワクしてきました。

アルマさんによると彼ら芸戯団《げいぎだん》は、珍しいことに、興行先で自らテントを組み立てるのだそうです。サーカスみたいですね。

「ノエリアの夏祭りは、新年祭と並んで盛大なんだ。この広場中に露店が出て、珍しい大道芸人も来るんだよ」

「夏祭り……！　そういえば、明日から八月でしたね」

「ああ、祭りとともにノエリアも夏本番さ」

こちらの暦《こよみ》や季節感は偶然にも日本と同じ。お祭りの習慣も一緒です。

露店に大道芸、花火に浴衣。

私の頭には、広場の中央に立つやぐらが浮かびます。人の輪がどんどん広がって、歌に合わせて鳴る下駄の音が笑い声にまざる――幼い頃から見慣れた元の世界の祭り。

お盆には、おばあちゃんの家を必ず訪れました。夜通し続く盆踊りは、地域限定の風習でしたね。もっとたくさん踊っておけばよかったです。郷愁にしんみりします。

アルマさんと高く組み上げられていく足場を見上げていると、幌馬車《ほろばしゃ》のほうから声をかけられました。ひときわがっしりとした体格の人物が、こちらに手を振ってきます。

「よお、アルマじゃないか」

アルマさんも片手を上げて応《こた》えました。

「お知り合いですか？」

「彼らは毎年来るから、顔なじみなのさ。あいつが団長だよ」

近づいてくる男性に、私の目は釘付けです。

マッチョです、彫刻像です、ラオコーンなのです。上半身裸の、ナイスバディーな理想像です。

スケッチしても、いいですか？

「おい、なんだこのちっこいのは？」

褐色の肌に銀髪が印象的な団長さんは、私を珍獣でも見るかのように指さします。

「失礼ですね、ちっこくはないはずです。アルマさん、苦笑いしてないでフォローをお願いします」

「彼女はノエリア一番のにがお絵描きだ。覚えておいて損はないよ、ディディエ」

ご紹介ありがとうございます、アルマさん。でもノエリア一番はおこがましいので、まだ「未来の」をつけておいてくださいませんか？

「ほう、絵描きなのか。団長のディディエだ」

「カズハ・トオノです、素敵な筋肉さん！」

私の挨拶《あいさつ》に、アルマさんが噴き出します。

名誉のために申し上げておきます。ハアハアと怪しい息遣いなんて決してしていませんし、ヨダレも垂らしていません。

ですが、目の前の筋肉には、心を奪われております！

人体の美しさは、神の芸術。実は私、ふくらはぎフェチなのは自覚していましたが、本日新たな世界の扉を開いたようです。上腕二頭筋、バンザイ！

「カズハ、この男の剣舞はそりゃあ見事さ。美しい筋肉はその賜物《たまもの》だよ」

「剣舞……！　ぜひ見てみたいです！」

嬉しそうに紹介するアルマさんを見て、この団長さんがご贔屓《ひいき》さんなのだろうと悟りました。

役者さんの見目麗《みめうるわ》しさではなく、団長さんの芸を褒めるところが、なんとも彼女らしいですね。

「なあディディエ、明後日から興行なんだろう？　それまでにセリアとカズハを連れて中に見にいってもいいか？」

「ナイス提案です、アルマさん。バックヤード見学ということですね、私からもお願いします！」

目を輝かせる私たちを見比べて、団長さんは大人の魅力たっぷりに、にやりと笑いました。

「いいぜ、ファビアン目当てじゃなければな。セリアはわかってるだろうが、そっちのちっこいのに言い聞かせておけよ」

「わかってるって」

ファビアンさんとは、どなたでしょう。ちらりとアルマさんに視線を送りますが、気づいてもらえません。

彼女は団長さんの了承を得て、ご機嫌な様子。団長さんの向こう、足場を組み立てている人たちの中にも、知り合いがいるということでしょうか。

みんなが変わりなく、今年もノエリアを訪れたことを喜び合う姿が、あちらこちらで見られました。

ですがそのとき、周囲を見渡していたアルマさんが、息を呑むかのように短く声を上げます。

「おっ、危な……！」

私と団長さんが彼女の視線を追うと、高い足場からまるでひらひらと蝶みたいに、舞い落ちていくではありませんか。

同時に広場の人々から次々に上がる悲鳴。

呆然としている場合ではありません、落ちたのはもちろん人間です。太い竹のような材木を組んだ足場にぶつかり、速度を変えながらも、硬い石畳の上に鈍い音で叩きつけられました。

怒号とざわめきが広場を埋め尽くします。

動きが一番速かったのは、団長さん。

そのあとを追うように、アルマさんも狩りで慣らした俊足で駆け出しました。三歩以上遅れて私も走り出したのですが、すぐに人ごみに翻弄《ほんろう》され、騒ぎの中心までたどり着けそうにありません。

やはり出遅れたのが敗因でしょうか。

「あ、あれ？」

……そのとき、なんと人がサッと避け、私の前に道が開きました。

私、実はモーセの生まれ変わりだったのかしら。よし、この隙にアルマさんを追いかけて……と思ったら、警備隊の皆さんが私を追い抜いていきます。

なんだ、私のために道を空けてくれたのかと思いましたよ。ですがちょうどいいので、しれっとあとについていきます。

たどり着いた野次馬の先にも、人だかりができていました。恐らくその中心には、先ほど落下した人が寝かされているのでしょう。何度か足場の材木にひっかかったことで、地面直撃の衝撃が和らいだと願いたいのですが……

察するに状況は深刻なようです。団長さんや団員さんたちが落ちた方に呼びかける声が聞こえます。

「至急、診療所へ連れていったほうがいいだろう、お前は診療所へ連絡を、我々は怪我人を運ぶ。団長、怪我を負ったときの状況を説明できる者を付き添いに」

「あ、ああ、わかった」

どうやら、怪我人の救護に慣れた警備隊員さんたちが、この場を仕切るようです。

そっと近づいてみると、どうやら落ちた方は男性。意識はあまりはっきりしていないようで、倒れたまま動きません。そして左肩から下が、変な方に力なく投げ出されていました。

最悪なことに、頭部から血が流れています。出血量はさほどではないように見えますが、髪で隠れている傷口がいかほどのものか、私にはわかりません。頭を打っている可能性を考えると、それだけで私は震えを抑えられなくなりました。

「おい、しっかりしろ。今、医者に診《み》せるからな」

声をかけて、体格のよい警備隊員が男性を抱き起そうとしています。それを見て、思わず叫んでいました。

「ダ、ダメです、動かさないで！」

「……カズハ？」

私が口を挟んでいいのかわかりません。ですが、もし、頭の中で出血がはじまっていたら――。

幼いころの記憶が、恐怖とともによみがえり、私を突き動かしました。

もう二度と、後悔したくありません。

「頭を打っているのなら、激しく動かしちゃダメです。そうだ担架……担架で運んでください」

「担架はここにはない、それより早く運んだほうがいい」

「作りましょう！」

団長さんの言葉をなかば遮《さえぎ》るようにして、私は周りの人を指差します。丈夫そうな半袖シャツを着ている団員さんたちを、強引に脱がします。

ざっと二メートルくらいの材木二本に、四人分の服を着せるように袖を通せば、簡易担架のできあがり。兵隊さんと同じくらいの背の高さの団員さんを選び、運び手に任命します。もうそこからは、私より皆さんのほうが、手慣れたものでした。

みんなでかけ声を合わせて担架にそっと怪我人をのせ、運びはじめます。

アルマさんも担架に付き添うみたいです。

私がホッと息をついていると、アルマさんに呼ばれました。

「カズハは私の反対側について、容体に注意してて。吐いたもので喉を詰まらせないようにね」

結局、私も診療所に向かうことに。

目的の診療所は広間からそう遠くないところにあります。でも、必死の思いで到着したときには、まるで街を一周してきたかのような疲労感でした。

とはいえ治療が終わらないうちには、皆の固い表情は崩れません。

しばらくそうして待ったあと、なんだかちょっぴり胡散臭《うさんくさ》げなおじいちゃん先生が顔を出し、処置の完了を告げました。もう、安堵《あんど》のあまり床に崩れ落ちます。

「命に別状はないよ。頭の傷はちーっとばかりヤバかったけどねぇ、すぐに出血が止まったようだから。いやあ幸運、幸運。腕は動きに支障は出るかもしれんが、死ぬよりいいでしょ」

白い髭《ひげ》のおじいちゃん先生はそう告げて、のんきに笑いました。

「それと、あの担架はよかったね。誰が考えたの？」

みんなの視線が、おじいちゃんから私に移ってきます。

いえ、アレは私の考えというより、防災訓練の賜物《たまもの》と申しますか。知恵袋的情報と言いますか。

とりあえず、笑っておきます。

ふと、緊張しすぎて重大なことを忘れていたと気づきました。見回せば、担架に使った服をまだそのままに、肉体美を揃って晒《さら》す団員さんたち。思わず頬を緩めてしまいます。

あらためて告白しましょう。

「団長さん、筋肉スケッチしてもいいですか？」

数秒ですが、白い目で見られました。アルマさんにまでです、ひどい。

目の前に鑑賞対象である美しい筋肉が揃っていたら、誰だって描きたくなりますって。

「そうか、いいぞ。今日は世話になったからな、どんどん描け。なんなら全身脱いでもいいぜ？」

「わお、ヌードですか」

「ちょ、ディディエ！　冗談はそれくらいにしなよ」

「俺は本気にしてくれてもかまわないぜ？」

アルマさんが慌てるのはわかりますが、なぜか警備隊員さんたちが青ざめている気がするのですよ。そうですか、この手のジョークはウケないんですね。

ですが団長ディディエさんは違ったらしく、冗談とも本気ともつかない表情で笑っています。けっこう悪ノリするタイプですね、この方は。アルマさんの反応を見た上で、再び煽《あお》っているのですから。

「気に入った女の前で、服はいらねえだろう」

面白いなあ、この人。

本当にそう思ったのですが、結局返事はできませんでした。なぜなら、アルマさんと警備隊員さんたちに、なかば引きずられるようにして診療所から出されたせいです。

ああ、いい筋肉でした。なんだか今日は、新境地を開拓しましたよ。

興行前にまた会えるみたいですから、今度はスケッチブック持参で行こうと誓います。

教会や貴族のお屋敷の壁や天井には、色鮮やかなフレスコ画がよく描かれています。あれは装飾《そうしょく》の意味もあるのですが、明かりとしての補助的役割が大きかったのだと思えてなりません。漆喰《しっくい》にのった明るい色は、灯した蝋燭《ろうそく》の光を反射して、部屋を明るくしてくれるのです。

今まさに、そんな部屋に通されました。

広大なお屋敷にある応接室は、豪華で広くて天井がとても高いです。でもって上品な応接室には当然、人を睨《にら》みつけるような怖い肖像画《しょうぞうが》はありません。

本日私は、迎えの馬車に乗せられて、領事様のお屋敷にやってきました。ただいま、念願のメイドさんにお茶を淹《い》れていただいて、コリーヌ婦人を待っています。

いい香りのするカップから口を離し、隣の人物に視線を移しました。

猫足の華美な椅子に、細くて長いブーツに包まれた足を組み、優雅に座るリュファスさん。栗色の巻き毛が艶《つや》やかで、色白の肌は磁器のようですね。流れるような仕草でカップを傾ける姿は、どこかの王侯貴族と言われたとしても納得するでしょう。

「何か言いたそうだね、カズハちゃん」

「なぜ今日に限って、付き添いがリュファスさんなのですか」

言い忘れましたが、うっとり見ていたのではありません。じっとり眺めてました。

「僕の身内なんだから、問題ないでしょう」

「だからこそ、問題なんです。礼儀作法も知らない、思いっきり庶民で異世界人の私が、領事様などというえらい方に、どう向き合えばいいのですか。リュファスさんを見て予想するに、コリーヌ婦人は、きっと優雅でお上品で知的なご婦人なのでしょう。断固として申し上げますが、私では不相応です、緊張します、心細いんですってば。リュファスさんに比べれば、私など野猿《やえん》もいいところかもしれません。その点、アルベリックさんが付き添いなら、その無骨さで私の粗野を目立たなくしてくれそうだと思っていたのに」

「……あのね、君は隊長をなんだと思ってるの」

「だって、このままじゃ私は、リュファスさんの引き立て役として大活躍しそうです！」

「落ち着いて。そもそも、僕が引き立てられる必要はまるでないよ。それに、今更君に品性は期待してないから」

「今、さらりとひどいこと言いましたね？」

「だいたい品性とか身分とか言うんなら、隊長こそ、君の対極だよ？　彼の生家は伯母《おば》よりもずっと上位の身分だしね」

「…………っ！」

ブルータス……いや、アルベリック、お前もか！

アルベリックさんにまで裏切られたみたいで、絶望感いっぱいで茫然とします。そこへ、いつの間にか戻ってきていた執事さんが、一人の女性を招き入れました。

私はリュファスさんにならって立ち上がり、その人が入ってくるのを待ちます。

幾筋か白が入ってはいるものの、艶《つや》やかな栗毛の彼女は、リュファスさんとよく似ています。背はさほど高くはありませんが、ぴんと伸びた背筋。きっちりと乱れることなくひとつにまとめられた髪に、簡素だけれど上質な生地でできていそうな丈の長いワンピース。柔和な表情で微笑んではいるのですが、しっかりと人を観察していそうな眼光をお持ちです。

「ようこそ。あなたがカズハね」

「は、はじめまして。カズハ・トオノです」

あ、しまった。つい癖で、思いっきり深くお辞儀をしてしまいました。

コリーヌ婦人は一瞬驚いた表情をしたものの、再び微笑んでから座るよう告げます。

「今日はよく来てくれたわ。あなたとはこうして一度、話がしてみたかったの」

少し高めの声で話し出すコリーヌ婦人。優しい言葉遣いと程よいテンポで紡がれる言葉は、私を心地よくさせてくれます。

「あなたは聞いていないかもしれないわね。レヴィナス隊長には何度か打診したのですけれど、まだノエリアに慣れていないからと、なかなかあなたを連れてきてくれなかったのよ」

「……そうなんですか、すみません」

「あなたが謝る必要はないわ。それに、肖像画《しょうぞうが》の依頼も本当のことだから。あなたからの条件はうかがっています。こちらには応じる用意がありますので、心配にはおよびませんよ」

「あ、はい」

「それではまず、あなたの絵を見せていただいてもよろしいかしら？」

コリーヌ婦人はその女性的な見た目と違い、必要以上に言葉を飾ることなく話を進める方のようです。事務的とまではいかないのですが、現実的なところはリュファスさんと同じ。

私は、いつも練習用に持ち歩いているスケッチブックと、売り物として用意してあった風景画数点をカバンから取り出します。メイドさんがカップをテーブルのすみに寄せてくれたので、遠慮なく婦人の前に絵を並べました。

「風景画は最近描いたものです。こちらのスケッチブックは、元の世界にいた頃に学校の授業で使っていたものです」

「まあ、そうですか」

コリーヌ婦人は興味深そうにスケッチブックを手に取ってめくります。

課題用の下書きから、素描《そびょう》の練習をした授業中のクロッキー、いつかのお母さんの後ろ姿もそこに収められています。それらのページのあとには、こちらに来てから描いた珍しいもののスケッチが続いていました。

それらに一通り目を通した婦人が、スケッチブックを置いて私に言います。

「あなたは、人を描くのが好きなのね」

質問というより、確認でした。

もちろんその通りですから、はいと頷きます。

「私はやはりあらためて、あなたにお願いしようと思います。私の夫を、描いてほしいのです」

私が返事をする前にコリーヌ婦人は立ち上がり、私たちを促《うなが》しました。コリーヌ婦人について廊下をしばらく行くと、ホールに続く階段が現れます。

あれですよ、丸いホールの壁に沿うように階段が左右に分かれ、中間あたりの踊り場がバルコニー状にせり出した、あれ。こんなの映画か結婚式場でしか、お目にかかることはありません。

見下ろすホールもとても広くて、綺麗な絨毯《じゅうたん》、装飾《そうしょく》の施された鏡の壁、光を反射して輝くガラスのシャンデリア。あまりの美しさにめまいがしそうです。きっとそのうち舞踏会が開かれて、かぼちゃの馬車に乗ってきた娘に、王子様が求婚するんですよ。ええ、きっとそうに違いありません。

婦人が立ち止まった踊り場の壁には、たくさんの肖像画《しょうぞうが》が並んでいます。そしてそれらの中の一枚、一組の男女が仲睦《なかむつ》まじく並ぶ肖像画《しょうぞうが》に見入るコリーヌ婦人。

「これはね、結婚一年後に描いてもらったものよ」

「……お若いですね」

「カズハちゃん……」

いや、言いたいことはわかりますので、睨《にら》まないでほしいです、リュファスさん。

だって、なんて言っていいかわからないのですよ。

たぶん、この絵の女性がコリーヌ婦人だというのは本人を見ているのでわかるのですが、なにぶん旦那様は……。これを参考にして、どうやって描いたらいいのだろうと不安が膨らみます。

「こちらが、それから五年後くらいかしら。リュファスも産まれて記念にと、妹夫婦と一緒に描かせたわ」

「え、じゃあこの赤ちゃんがリュファスさんですか？」

コリーヌ婦人ともう一人の女性が椅子に座り、赤ちゃんを抱っこしています。婦人の隣には三歳くらいの男の子、女性二人の後ろには男性が二人立っています。微笑ましい家族写真のような構図です。美しい庭園の背景が、若い二組の夫婦の幸せな結婚を象徴しているのですね。

しかし、やはり絵のタッチは固く形式的。特徴は多少捉《とら》えてはいるものの、写真や写実的技法を取り入れた私たち世界のものとは異なります。

これはいっそ、絵を参考にしないほうがいいような気がしてきましたよ。

他にも、息子さんが成人された頃のもの。晩年でしょうか、ずいぶん白髪が目立つようになった旦那様お一人の肖像画《しょうぞうが》も。凛々《りり》しく正面を見据え、誠実そうなまなざしをした旦那様がいます。

どれも描かれる対象への畏敬の念を、ひしひしと感じるものばかりでした。

豪華なお屋敷に幸せな夫婦。お伽噺《とぎばなし》のような世界を垣間見た気分です。

「夫は……ジャン＝クリストフ・ドゥ・ラクロは、とても物静かな人でした。私の夫となることは、領事の夫という、ある種、男性からしてみれば不名誉とも見られる地位に就くことです。昔は今ほど人の目は寛容ではありませんでしたし……。ですが、一度もそれらを不遇などと、不満を漏らすことのない人でした。いつも口元を固く結び、己を制し、堅実に人生をまっとうする。それを最善と、心の底から思う潔《いさぎよ》い人」

ああ、夫人は旦那様をとても尊敬なさっているのですね。今でも、強く。

「ですが、心残りがあるのです」

どうやらここからが本題のようですね。

「本当のあの方は、ここにはいないのです」

少しだけ悲しそうな表情を見せ、コリーヌ婦人は再び旦那様の肖像画《しょうぞうが》を見上げます。

やっぱり、ものすごく重大なお仕事になりそうな予感がしますが……大丈夫ですか、私。

一通り絵を見させてもらい、あらためてコリーヌ婦人より、肖像画《しょうぞうが》の制作を正式に依頼されました。ですがすぐに返事できずにいると、コリーヌ婦人は再び私を応接室から連れ出します。

いったいどこへ行くのだろうとついて歩く私。その後ろに続くのは、先ほどから黙ったままのリュファスさんです。

長い廊下を抜けてテラスに出ると、目の前には美しい庭園が広がっています。夏の日差しを大樹の葉が受けて、木漏れ日の中にある小さな薔薇《ばら》園。その周りを囲むように、背の低い赤い小花が咲き乱れています。庭園を囲む低木はきれいに刈りこまれており、ところどころに人型や動物を模した刈りこみまで。

「ここは、ジャン＝クリストフが造ったのですよ」

それは愛おしそうに庭園を眺めながら、婦人がそう教えてくれます。

「暇を見つけては珍しい花や木を見つけてきて、自ら鍬《くわ》や鋤《すき》を手に作業をしていたの。それは楽しそうだったわ」

「園芸は、楽しいですよね」

「あら、あなたもお好きなのかしら」

「はい、小さな頃から庭の一角を私専用にしていました」

「そう。夫はずいぶん年を重ねてから好むようになったの。若い頃の夫は肖像画《しょうぞうが》の印象通り、書物を愛する研究肌で、とても外に出て土いじりをするような人じゃなかったのよ」

婦人がテラスの階段を下りて、淡い杏色《あんずいろ》の薔薇《ばら》の花を覗きこむようにしたとき。ふいに、その婦人のそばで、土を掘って苗を植えている初老の男性が見えた気がしました。

きっと婦人は、土仕事をする旦那様にいつも声をかけていたに違いないのです。庭で精を出す旦那様に、どんな花が咲くのかとか、次はどんな色の花にしようかとか、いっぱい話をしていたことでしょう。

「リュファスさん、紙と鉛筆……」

私のお願いに文句ひとつ言わず、リュファスさんは応接室に取りにいってくださいました。

コリーヌ婦人が、私をテラスから木の下のベンチへと導きます。

「私は、こちらのことはまだよくわかりません。もちろん、旦那様のことも。想像で描くことになりますが、かまいませんか？」

「もちろんよ、私に手助けできることはあるかしら？」

「あの、服を。園芸をするとき、旦那様はどういった姿だったのかを知りたいです」

コリーヌ婦人は、離れて控えていたメイドさんに何かを言いつけました。

その間に、手元に戻ってきたスケッチブックと紙、こちらで手に入る木炭を練った鉛筆。リュファスさんへお礼もそこそこに、さっそく描きはじめます。スケッチブックを台紙代わりにして紙を固定し、思い切って手を動かします。

一瞬でしたが、幻のように脳裏に現れて消えた旦那様。雲をつかむかのようにもどかしいイメージを、指を伝って紙に落とすように描きます。余計なことは考えず、思い描いたままになるように。

私のイメージはとんでもなく間違っているかもしれない。

でも、まずは描いてみたいと思ったのです。

気づけばいつの間にか、手際のいいメイドさんたちが旦那様のものらしい衣装を持ってきてくれました。広げて見せてくださっています。カーキのパンツにいぶし銀の金具のあるサスペンダー、黒いシャツはその当時よく見たものだとか。メイドさんが、丁寧に三つくらい袖を折ってくれます。

革製のつばの広い帽子や手袋、ひざ当てまでありました。きっちり襟を立てて礼服に身を包んだ肖像画《しょうぞうが》の中の人とは、ずいぶんかけ離れた服装です。

ああ、きっと、本当に旦那様は庭仕事がお好きだったんですね。

彼の人となりは大勢の人々の中で、今でも生きているのです。コリーヌ婦人の中で、執事さんやメイドさん、そしてリュファスさんたちの中でもです。

「……どうでしょうか？」

まだイメージしきれない表情を隠すために後ろ姿となりましたが、横顔にはほんの少し楽しそうな笑みを浮かべさせてみました。

「………そう、よく似ているわ。あの人はこんな風に微笑んでいたの」

「軽薄そうになってなければいいのですが」

そんなことない、と婦人は呟いて、微笑んでくださいました。

次に案内されたのは、庭園の先にある建物。煉瓦《れんが》作りの壁についた素朴な木の扉をくぐると、そこには小さな工具が壁いっぱいにかけられています。中央には厚い木の机があり、その上には小さな彫金の細工物がいくつも並んでいました。

ここはどうやら、旦那様の趣味の作業部屋のようです。

小さなものは虫を模したものや、馬とかグリフォン、ミニチュアの家や馬車、風車小屋など、机の上にもたくさんあります。お気に入りの細工が並んでいる様は、まるで小さな男の子のコレクションみたいで、微笑ましいですね。

「これらも全て、夫が作ったものですよ。根を詰めるのが好きな人だったわ。ある日、こんなことがあったのよ。朝起きて夫がいないから、慌てて屋敷をみんなで探すと、ここにいて。あなた、何をしていたのと尋ねたら、もう朝だったのかいと、本当に今気づいたかのように言われたの」

あー、なんか旦那様の気持ちがわかるような。私も制作に夢中になると、食事を取ることくらいは簡単に忘れてしまいます。

そんな旦那様への共感が見抜かれたらしく、コリーヌ婦人には、あなたもなのねと呆れたように笑われました。

「こちらが、夫の書庫ですよ」

作業部屋と続いているのは、たくさんの書物の収まった書庫。あかり取りの窓は手の届かないほど高い位置にあり、小さな窓からちょうど部屋の中央に光が差しこんでいます。そこには布張りの長椅子が置かれていて、木製の手すりを見て私は思わず微笑みました。

旦那様は、ずっとここに座り、書物の中を旅していたのでしょうか。片側の手すり上部のニスが剥《は》がれ、その横の布張りの座面が擦《こす》れて柄が消えかかっています。

じっと動かない旦那様を描きとめたくなり、咄嗟《とっさ》に紙を取り出しました。

一枚描ききる前に、いつの間にか長椅子の上に服が広げられています。それは旦那様が着たらとてもよくお似合いだろう、小さな立ち襟の白シャツに黒いベスト、同じく黒いスラックスのようなパンツに、ハーフブーツ。

新しい紙を出しながら、私はメイドさんの素早い仕事ぶりに、拍手喝采《かっさい》を浴びせたくなります。

もう一枚に描いたのは、本に夢中な旦那様に寄り添うコリーヌ婦人です。表情には出さないけれど、根を詰める旦那様を心配する婦人の姿が目に浮かびます。それはきっと、このお屋敷の日常だったのではないのでしょうか。

煉瓦《れんが》の建物を出て次に連れてこられたのは、とんがり屋根の小さな礼拝堂のようなところです。中に入ると、石造りの床に高い天井を彩《いろど》るフレスコ画。中央の奥には祭壇のようなものがあり、婦人の説明によれば、小さいながらも寺院なのだそうです。

「この国の宗教については、もう教えを受けたかしら」

「……はい、あ、えーと、多神教だということしか」

ちらりと後ろの教官殿を見てしまいますよ。その神々しい笑顔がかえって怖いです、リュファスさん。ダメな教え子でごめんなさい。

「街の寺院ではジルベルド王国の主神をお祀《まつ》りしているけれど、ここは世界を造ったとされる女神のための寺院なのよ」

「世界……女神が造ったんですか」

祭壇を見上げても、女神像などはありません。あるのは金槌《かなづち》と火かき棒?

女神が金槌《かなづち》を持つって、どうなのでしょう。ここは私の育った世界ではありませんから、あちらの常識を当てはめるのは違うと思います。しかし……、もしかしてすごいごっつい体格でオラオラな女神様なのでしょうか。

「女神はかまどの支配者であり、鍛冶の神でもあり、農業の神でもある。世界は常に女神によって、鋼《はがね》を打つかのごとく鍛えられ、造られ続けていると言われる。そしてその鋼《はがね》を鍛えて鍬《くわ》や鋤《すき》を造って、世界を耕し、全ての生き物に実りをもたらす」

私のまったくもって異なる女神像を打ち消すかのように説明してくれたのは、リュファスさんです。

かまどで焼かれた鉄が金槌《かなづち》で打たれ、不純物を吐き出すごとに純度を増し、様々な形に変化していくところを想像します。それがこの世界での、天地創造の神話になったのですね。

そしてふと、以前アルマさんが口にした玉鋼《たまはがね》という言葉を思い出しました。幸運という言葉の意味を探ろうとして、次に見た景色のせいで一瞬にして忘れてしまいます。

突然飛びこんできた光で、目がくらみました。

「ふあぁぁ、すごい」

体が火照《ほて》って、無意識に目を瞬《またた》かせます。目には見えない熱風に煽《あお》られ、思わず一歩あとずさりしてしまいました。

目の前には真っ赤に燃え盛る炎と、金槌《かなづち》がぶつかる甲高い音、そして飛び散る赤い火の粉。

私が足を踏み入れたのは――鍛冶場《かじば》？

いえ、そんなはずはありません。ここは小さな寺院の祭壇裏。つまり寺院の中です。扉を開けた瞬間に、目に飛びこんできたのは、夢か、幻か。

眩暈《めまい》にも似た熱風の中で私が見たのは、確かに旦那様でした。

ふいごから風が送られ、ひゅうひゅうと部屋にこだまします。

風にあおられ立ち上がる炎は、赤から青へと、生き物のごとく煌《きら》めいたのです。

背を向けていた旦那様が、汗をにじませながら、真っ赤になった鋼《はがね》をかまどから出して振り向きます。金槌《かなづち》を打ち下ろすその腕には、長い間に培《つちか》った固そうな筋が浮かんでいました。

高い金属音とともに、はじける火の粉は床を転がっては、線香花火のようにあっけなく消えてゆく。それを、私はただ眺めました。

赤から黒へと色を失った鋼《はがね》は水へつけられ、もうもうと蒸気を生みます。

長い鋼《はがね》の棒を持ち上げ、その人は目を細めました。額に貼りつく、汗を含んだ白髪まじりの髪。それを無造作に、すすのついた手の甲で、汚れなど見えないとばかりに汗と髪をぬぐいます。そしてふいに、その人が呟いたのです。

『――――女神よ、感謝いたします』

描きとめなければ。

あなたの真摯な姿を、もう一度見たいと願う人がいるんです。

「……ん、……ちゃん、……カズハちゃん！　気がついたかい、カズハちゃん？」

あ、れ？

目を瞬《またた》かせれば、目の前には真剣な表情のリュファスさん。それからちょっと遠巻きにコリーヌ婦人がいます。その他には、なぜか天井しか見えません。

私は床に倒れていたようです。はっとして起き上がれば、そこは先ほど見た祭壇裏。静かな石畳の部屋でした。

「突然倒れたのを、覚えているかい？」

リュファスさんの言葉には思い当たらず、私は周囲を見回します。

石畳の先に、大きなかまどがぽっかりと穴を空《あ》けています。黒く炭のこびりついたかまどに、うっすらとかかる埃。そして長く火が入っていないことを物語るように、ひんやりとした部屋の空気が肌を撫でました。祭壇の裏なのに、鍛冶場《かじば》になっているのですね。

つい先ほど、息をするのもはばかられるような熱気を体感したのは、夢？

いいえ、私は確かに見たのです。

「カズハちゃん？」

「スケッチブックは……」

床に座ったまま手探りでスケッチブックを探していると、コリーヌ婦人が差し出してくださいました。

その思いだけが頭を占め、手繰《たぐ》り寄せた紙をめくってすぐに指が止まりました。

描かなきゃ。

「これ……」

開いたそこには、描いた覚えがない絵が。

それは先ほど見た通り、燃える鉄に向かって大きく金槌《かなづち》を振り上げる男性。見たままに描写したときのような、迷いのない線は確かに私のものです。

「覚えていないのね。あなたはこの部屋に入るなり、一心《いっしん》不乱《ふらん》にこの絵を描いていたのですよ。そして描き終わると、突然後ろに倒れたの」

「どこか、具合の悪いところはないかい？」

「え？　あ。……あいたたたっ」

聞かれて自覚するなんてお恥ずかしい話なのですが、ようやくズキズキと痛む後頭部に気づきました。そういえば、後ろに倒れたって言ってましたね。手でさすると、見事にたんこぶができていますよ。

情けなくもヒィヒィ言う私に、メイドさんたちが水で冷やしたハンカチを差し出してくださいました。本当に優秀すぎです、メイドさん。

リュファスさんの手をお借りして、なんとか椅子に座り直し、ようやく気持ちを落ち着けます。

「ご心配をおかけしました。たんこぶができただけで、他はなんともないようです」

「そう、本当によかったわ」

コリーヌ婦人は安心したような表情です。倒れたこともさることながら、その前の挙動不審ぶりを見て心配していたようでした。うん、それに関しては、私自身もよくわからないですし、申し開きようもございません。

「倒れる前、もしかして君はジャン＝クリストフ伯父《おじ》を見たのかい？」

リュファスさんの問いに、頷きます。

「私は、現実だと疑いもしませんでした。気づいたら、かまどには火がこもり、熱風の中で男性が一人、鋼《はがね》を打っていました。とても熱くて、あれが幻だったなんて信じられません。白昼夢……いえ、まるで陽炎《かげろう》の中に迷いこんだみたいでした」

「ジャンは、夫はどんな様子でしたか？」

「上半身裸で、炭に汚れた手で汗を拭っていました。それと……」

「それと？」

「『女神に感謝を』と」

コリーヌ婦人は驚いたような表情をして、それから華奢《きゃしゃ》な指で顔を覆います。

「ああ、そうよ。……ジャン、あなたなのね」

その様子に、婦人が悲しんでいるのではと私は心配になり、リュファスさんに視線で助けを乞います。ですが、彼は私の絵をじっと見たままです。

今回私は、絵を描くことで婦人の気持ちの区切りがつけばと、僭越《せんえつ》ながら考えていました。でもこれは、かえって逆効果になるのではないでしょうか。言いようのない不安に苛《さいな》まれます。

そもそも、こんな不思議体験は想定外ですってば。

「ねえ、カズハさん。夫は女神をとても信仰していたの。だからこの鍛冶場《かじば》で、最も多く口にした言葉は『女神よ、感謝します』だったの。そうね、きっと夫はまだここを懐かしんでいるのでしょう。もしくは、可愛らしいお客様を歓迎しているのかもしれません」

コリーヌ婦人は笑ってそう言ってくれました。

コリーヌ婦人の反応への安心と、彼女の期待に応《こた》えられるのかという不安と、私の中では半々です。婦人が無理していなければいいのですけれど。

帰りの馬車の中で、リュファスさんが話してくださいました。

私が描いた覚えもない鍛冶場《かじば》の絵は、今日描いた中でも最も似ていたそうです。まるで生きている旦那様を描き写したかのようだと。

チャッチャラララ～ン。

カズハは、自動絵描きの能力を習得しました！　なんてね……。冗談でも、それは遠慮しておきたいです。

元の世界では亡くなった方の霊が帰ってくると信じられていて、お盆だったりお彼岸《ひがん》だったりがそれにあたります。でもそれは宗教上の思想や、風習だったりする話なわけで。

「亡くなった方の過去を見るだなんて、こちらの世界では、よくあるのでしょうか」

……だったら嫌です。

「そんな話は聞かないよ。そっちこそどうなの？」

「普通はありえませんよ！　というか、私のせいにされたくない現象です」

「そう。普通はってことは、普通じゃなければありえるんだ？」

「ひいっ、そんなことは微塵《みじん》も言ってません」

不可思議現象を人のせいにするという、大人げない泥仕合《どろじあい》の様相を呈してきたところで、お互いちょっと黙ります。

今日の自分の体験がいったい何を意味するのか、私にはさっぱりわかりません。これもまた、落ち人の加護の一種なのでしょうか。

結局スケッチは、鍛冶場《かじば》でのものを最後にしました。

後日、またあらためて、どんな絵姿にするか決め、画材などの相談をしようと思います。

鍛冶場《かじば》を出たあと、コリーヌ婦人のはからいで、おいしいお菓子と香りのいいお茶が出されたのですが、残念ながら味を堪能する余裕はありませんでした。なぜなら、今も気を抜くと、隣のリュファスさんにもたれかかって大イビキをかきそうなのです。

本当にどうしたことか、とても疲れました。

馬車がガタゴト揺れる振動すらも、揺りカゴのよう。

まあいいや。この際、リュファスさんの肩を借りてしまいましょう。そう諦めたとたん、意識が夢の国へと飛んでいきます。

ゴトゴトゆらゆら、と心地いい。

……いやいや、まずいですよ。今日は夕方に、セリアさんたちと約束があるんです！

気合いで起きろ、私！

「ふんがっ！」

いつの間にか体にかけられたていた上着をどけて、思いっきり起き上がります。すると鈍い音がしたと同時に、視界に星が散りました。

もう嫌。今日は頭を打つ運命と決まっているのでしょうか!?

「うえぅぅ、おデコいたいよぉ」

額をさすっていたら、横でかすかなうめき声がしました。

涙目で隣を見ると、ものすご～く渋い顔したアルベリックさんが、顎《あご》をさすっています。

これはもしかしなくとも、私の額の激突先はソコですか。

えーと、珍しくダメージを受けているようですが、大丈夫ですか？　アルベリックさん。

わかってもらえていると信じていますが、あえて言わせてください。

わざとじゃ、ないんですよ！

「大丈夫ですか、アルベリックさん？　顎《あご》は人体の急所のひとつだと教わりました。強打すれば、脳が揺れるのだそうです。怖いですねぇ。誰にそんなことを教わったかって？　もちろん、お母さんに決まってるじゃないですか」

「だから、お前の母親は何者だ」

「ちょっとお茶目な、ただの主婦です。得意技はドロップキックらしいです」

「……もういい」

脱力させるつもりはなかったんですよ。信じて、アルベリックさん。

ところで、ここはどこかと見回すと、意識が沈んだ馬車の中ではなくて、見慣れた警備隊宿舎の隊長執務室でした。どうやら応接セットの長椅子で寝ていたと思われます。

脱力から気を取り直した様子のアルベリックさんが、すっと私にハンカチを差し出しました。

「……え？」

「口元を拭け」

言われて指で触ると、ヒイィと悲鳴が出てしまいました。だって、それはもう、大量にヨダレが。

嫌な予感がして長椅子を見て、もうひと悲鳴を上げます。なぜならそこに、乙女にあるまじき謎のシミが……。いえ、謎でもなんでもないのが、恐ろしいところです。

アルベリックさんからハンカチを強奪し、慌てて口と長椅子をゴシゴシとこすります。あ、ハンカチはまた洗って返しますね。

シミよ消えてなくなれと、力いっぱいハンカチを椅子に押しつけていて、ふと恐ろしい可能性にも気づいちゃいました。ヨダレの海はまだいいほうではないでしょうか。もし地響きのごときイビキや、あられもない寝相を披露していたら、それこそお嫁に行けません。

「あの、アルベリックさん？」

「なんだ」

「その、椅子を汚してすみませんでした。それで、他に……何かやらかしました？」

ちょっと、なんですかその間は！

「寝言は、言っていた」

「なんて？」

「…………」

結局教えてもらえませんでした。なぜですか、それでは蛇の生殺しです。

私がアルベリックさんを問いつめていると、ちょうど助け舟のようなタイミングで、セリアさんが執務室にやってきました。

セリアさんは、私たちの様子を見て肩をすくめます。

「起きたんだね、カズハ。それで、二人で何をはしゃいでるんだい？」

「はしゃいでなんかいません、今日は散々なんですよ、セリアさん」

私の青くなりつつある額と、アルベリックさんの赤くなった顎《あご》を見比べて、セリアさんは大笑い。いったい何があってそんな場所をぶつけ合うんだいと、呆れられました。事情を説明するのですが、あまり信じてもらえてない様子です。

「カズハに近づいたのは、本当にヨダレを拭こうとしてたのかい？」

なんて、アルベリックさんに、したり顔で聞くセリアさん。

他に何があるというのでしょう。いったい何が言いたいのかと私が聞いても、笑顔でハイハイとあしらわれてしまいます。隊長さんも黙ってないで、何か言ってくださいよね。

「仲がよくて何よりだよ。それで、他は？　体調はどうだい？」

「すごく眠かっただけで、なんともないです」

「じゃあ、今日はどうしようか。これからアルマと落ち合って、エトワール芸戯団《げいぎだん》を覗きにいくつもりだったけど……」

セリアさんがうかがうように見たのは、アルベリックさん。行く気満々だからこそ、気合いで起きたんですからね。

しかし、アルベリックさんの答えは否《いな》でした。

「横暴でーす！」

「芸戯団《げいぎだん》に行くなとは言っていない。今日は倒れたのだから、大事を取るべきだ。明日は朝から営業許可を出すための視察に行く。そのときに一緒に行けばいい」

「倒れた……？　寝てただけですよ」

「領事のところで倒れたと聞いたが」

そう言えば。寝たせいで、すっかりそのことは忘れていました。

「そりゃ、心配だね。隊長さんの言う通りにしなよ、カズハ。最初の公演は明日の午後からだし、何か描かせてもらえるかもしれないよ。それにまだ芸戯団《げいぎだん》は三週間いるんだから、いつでも行けるしね」

セリアさんはきっとアルベリックさんが反対したら、はなからそれに従うつもりでいたのでしょう。二人に説得される形で、今日は渋々お留守番となりました。

じゃあ行ってくるねと、嬉しそうなセリアさんを見送ったあと、仕事を中断してアルベリックさんが家まで送ってくれました。

大丈夫だと言うのに、聞いてはくれません。我が家は宿舎から目と鼻の先なのにね。

私の「大丈夫」が信用ないのか、それとも、リュファスさんの報告のほうが信用が置けるとでも言いたいのか。本当に過保護です。


翌日。

鉛筆よし、自作のスケッチブックよし、練り消しゴムよし、ハンカチよし、諸々《もろもろ》カバンよーし。

持ち物万全、忘れ物なしです。

遠足じゃありません。視察ですよ、視察。

お前は関係ない、おまけだろうって？　いいえ、筋肉視察です。ふふふ。

「顔が怖えぞ、カズハ」

「失礼ですね、ラウールさん。私は純粋に美を愛し、崇高な芸術を目指しているのです。決していやらしい目ではないのです」

遅い朝食中のラウールさんのツッコミをかわし、元気よくオランド亭を飛び出ます。

ちょうど警備隊宿舎前の広場に、隊員さんとともにアルベリックさんが現れたところでした。今日は彼らと一緒に、街に来ている芸戯団《げいぎだん》に向かいます。

アルベリックさんたち警備隊の目的は、犯罪抑止です。彼らの荷物を確認し、違法なものを運んでいないか、犯罪者を匿《かくま》っていないか、労働力として人買いに手を出していないかなど、あらかじめチェックするのだそうです。

そして、それらに違反していないのがわかれば、支部隊長であるアルベリックさんがサインをし、ようやく営業の許可が下ります。

それで私は何が目的かといいますと、私もまた営業許可をもらいに行くのです。

お相手は、芸戯団《げいぎだん》団長ディディエさん。ちょうどいい恩を売ることができたみたいですから、利用しない手はないと思うんですよね。

午後からの興行開始を控え、慌ただしいテントの中の個室で、団長のディディエさんが迎えてくれました。

アルベリックさんの視察は手際よく、芸戯団《げいぎだん》の皆さんの快い協力もあり、一時間ほどで終了です。物珍しい道具や、ショーで使うであろう刃のない剣やしかけを見たときには、ちょっぴり驚き。でも、後ろについて回り観察できたことには、おおむね満足しています。雑多で活気あふれる一座の様子を、肌で知ることができたのですから。

警備隊長としての役目を終えるため、サラサラとサインをするアルベリックさんの横で、私は本題を切り出します。

「ディディエさん。芸戯団《げいぎだん》の皆さんの姿絵を、販売する許可が欲しいのです」

「……本当に、来るたびにコロコロ変わる街だな、ノエリアは」

ディディエ団長はアルベリックさんと私を見比べて、笑います。

彼の言っている意味がわからないのは、どうやら私だけです。それに気づいた団長さんが説明してくださいました。

「昨年一昨年と、この街で興行するには、それなりの金がねぇと話もできやしなかった。それまでは、特に差し出す相手もいやしなかったのにだ。せいぜいが、何かあったときのために、補償金はあるのか聞かれたぐれぇよ」

「それは、もしかして」

「ああ、一部の者が立場を利用し着服していた」

こんなところにまで影響を及ぼしていた、半年前の事件。根の深さに恐れ入ります。アルベリックさんの肯定を受けて、ディディエさんが続けます。

「それでまあ、ここがマシになったたって噂には聞いてたが、万が一ってのもあるからな。昨日、この隊長さんに詣《もう》でたわけよ」

「……まさか、アルベリックさんに賄賂《わいろ》を？」

「まあ、ここの前任者ほどじゃないが、他の街でもあることにはあるからな。だが、そのクソ真面目な隊長さんは、受け取らなかったぜ」

にやりと悪そうな顔をしています、ディディエさん。

別に心配しなくても、このアルベリックさんが受け取るなんて思っていませんよ。本当にクソ真面目ですから。……あらやだ、口の悪さがうつりましたね。

「それで、次はこのちっちゃい娘《こ》が、街一番の絵師だからな」

「むむ、ちっちゃくないですし、街一番はまだアルマさんのぶっかけ宣伝ですってば。それに、何もおかしなことしてませんよ、私」

「そうでもないぜ？　俺ら芸戯団《げいぎだん》は、どれだけ姿絵に描かれるかでも、その人気ぶりが評価される。どこの街へ行こうが、それこそ王都で一花咲かせようが、絵師が恩をきせることはあっても俺らに許可取りにきたなんて話は、聞かねぇ」

「……そうなんですか？」

「ああ。それに、絵師の仕事は俺たちの範疇《はんちゅう》外だからな。互いに干渉しないせいで、まったく似てねえ絵も出回っているのが現状だ」

美しいにがお絵ならなおさら、それを客寄せにできると思うのですが。

きっと、たくさんの人への宣伝になりますよ。少なくとも私の世界では、興行主自ら人気者の絵や写真を売ることで、宣伝と利益を兼ねていました。だから、許可を取らなければ利益を侵害したことになり、捕まってしまいます。

でも、ここでは問題ないようです。あ、いえ、問題はありますね。素直に役者さんが描かせてくれるかどうかは、とても重要です。私が描きたいのは演技をする役者さんだけでなく、ここで働く生きた人間なのですから。

だから、冒頭のお願いに戻ります。使えるツテは使わないとね。

「じゃあ、自由に出入りして描かせてもらってもいいですか？」

「ああ、いいぜ。ただし邪魔になるなよ」

「わお、やった。ありがとう、ディディエさん！」

「おう、なんなら俺が全身脱ぐぜ？　……おっと、冗談だって。睨《にら》むなよ、隊長さん」

ディディエさんは相変わらず愉快な方です。思いの外、すんなり許可をもらえて驚きでしたが、何はともあれ商売繁盛は約束されたということですよね。よし、これで画材や紙を厳選して、値段調整で利益が……

いけない、いけない。またしても皮算用をはじめてしまうところでした。まずは、描くことからです。

「カズハ、描いてくるといい」

「え、でも、アルベリックさんは？　帰りますか？」

「いや、団長に少し話がある。終わったら声をかける」

「わかりました、じゃあちょっと失礼しますね」

やっぱり持ってきてよかった、画材道具一式。

まず最初のターゲットは決めてあるのですよ。物色済みです、うふふ。

「――――例の国境沿いでの話だろう、隊長さん？」

耳に掠めた言葉は、一瞬で通り過ぎてゆきます。

背後できな臭い話がされているなど露《つゆ》知らず、私は上機嫌で団長さんの部屋を飛び出したのでした。


エトワール芸戯団《げいぎだん》の花形スターは、ファビアンという方です。

芸戯団《げいぎだん》といっても、様々な出し物をしていまして。いわゆる大道芸的な見世物から、演劇小屋のように物語を上演したり、ひとつの一座でいくつもの催しが楽しめるのです。エンターテイメント集団といったところでしょうか。

セリアさんのご贔屓《ひいき》の方こそ、この演劇を行うグループの花形役者ファビアンさん。類《たぐい》まれな美貌《びぼう》の青年です。そしてセリアさんのご高説によると、演技力も最高なのだとか。

アルベリックさんのあとをついて回ったとき、ファビアンさんのことは抜かりなくチェック済みです。噂通りのイケメンでしたよ。ああ、眼福《がんぷく》。

ちょっと繊細そうな顔立ちでしたから、てっきりスケッチを嫌がられるかと思っていたのですが、どうやらお許しをいただけたようです。いえ、どうやらと申しましたのはですね、無言だからです。

今も衣装部屋で身支度や化粧をしたり、同じ役者さんたちと演目の相談をしているみたい。ときおり視線が飛んでくるだけで、何も言われません。ですから、部屋の片すみに失礼しまして、しゃがんでスケッチさせてもらっています。我ながら図々しいですが、生活がかかっていますから。

「若いのに、やるじゃん」

ふいに声をかけられて見上げると、ファビアンさんが気だるそうに私の絵を見下ろしています。つい描くことに夢中になっていて、近づかれているとは気づきませんでした。

「ありがとうございます」

「……一昨日、うちの団員について診療所に行った娘《こ》って、あんた？」

「はい。そういえば、あの方のご加減はいかがですか？」

ファビアンさんは長いブロンドをかき上げ、小さくため息をつきます。

どうしたのでしょう。様態が悪化でもしたのでしょうか。

「回復に向かっている。けど……」

「けど……？」

「あの怪我じゃ、役者としてやっていけないだろう。ましてや力仕事が主な裏方も無理だ」

それはつまり、芸戯団《げいぎだん》にいられなくなる、ということですかね。

命は助かっても、彼は人生の岐路に立たされてしまう？

「こんな仕事していると、いくらでもあることさ。命を落とした仲間もいる。それに比べたら、よほどマシだ。だから、あいつに代わって礼を言う」

思いがけない言葉に、私はどう答えたらいいのかわかりません。

ファビアンさんは、邪魔にはなるなよと一言告げて、仲間のもとへ戻っていきました。

私は、そんなに大したことはしていません。だけど彼、ファビアンさんが口にした団員さんの行く末を考えると、そんな謙遜《けんそん》の言葉すらも出てこないのです。

こういうとき、ここは私の育った世界ではないのだということを、実感します。

ラウールさんがいなくなったとき、手だてがなくてただただ祈るしかなかった時間を、セリアさんと身を寄せ合っていました。真の闇に包まれる夜に、小さなカンテラで足元をそっと照らす心細さは、ここに来てはじめて知ったもの。旅立った小さな友人たちを想い、慣れないこちらの文字をなんとか手紙にしたためる時間。

その何もかもが、私の手には余るのです。元の世界で今までなんの苦労もなくできていたことは、全て文明の利器のなせる業《わざ》。

どこまでもちっぽけな存在である私を、科学の力で覆い隠していただけなのです。

でも、変わらないものも、もちろんあります。どちらの世界も等しく、命は儚《はかな》い。

昨日会ったコリーヌ婦人の姿は、毎年祖母と過ごした夏の日々を思い出させます。失った家族を偲《しの》び、死を畏れ、残された者はそれでも前を向いて生きていかねばなりません。

……それは、もう二度と元の世界に帰れない私も同じです。だけど、私はまだ……

「何かあったのか」

視察からの帰り道、アルベリックさんが心配そうに私を振り向いて聞きました。

「心配性ですね。何もありませんよ」

「……あまり、話さなくなったな」

「え……何をですか？」

「母親や、元の世界のことを」

「やだなぁ、昨日、お母さんの話をしましたよ。忘れたんですか？」

「……久しぶりにだ」

断定する彼に、返す言葉もありません。

にぎやかだった広場を抜け、市場を通り過ぎて、街道沿いに出た頃には、すっかり平素通り静かなノエリアの街。祭りの浮かれた明るさが、恨めしく感じてしまうのはなぜでしょう。

笑っているはずの口元が保てないのは、アルベリックさんが鋭いせいです。

「来い」

アルベリックさんが私の腕を掴んで、歩き出します。

相変わらず、言葉が少なすぎるアルベリックさん。どこに行くのかと思ったら、警備隊宿舎に到着です。

予定通りじゃないですかとツッコミを入れようとしたところで、宿舎ではなく小屋に方向転換しました。

「ハデュロイを出してくれ」

「え？　ちょっと……」

ぎゃー、ハデュロイって、あのハデュロイですよね⁉

そんな私の狼狽《ろうばい》をよそに、小屋にいた一頭のグリフォンを、隊員さんが連れてきました。彼はいつぞや、私の頭をヨダレまみれにした問題児ではないですか。あれから幾度となく、襲われかけましたよ？

もちろん先日、寺院まで飛んできてくれたお礼はせねばなりません。そうとは思いつつ、これまで他のグリフォンをスケッチしてきましたが、私はなんとなくハデュロイにいつもマークされている気がします。

腰が引ける私を、アルベリックさんは容赦なくハデュロイの足元へ連れ出しました。

「ハデュロイの能力は他を凌駕《りょうが》している。性格に難はあるが、命令遂行には問題ない」

「そ、それは問題ありですって……ぎゃああ！」

先にハデュロイに乗ったアルベリックさんに問答無用で引き上げられ、馬よりもかなり高い位置にある鞍《くら》に収まってしまいました。

アルベリックさんに恐怖を訴える余裕もないままに、ぐんと体にかかる重力。そして体感したことのない浮遊感がしばらく続くと、あっという間に空にいました。

「……あの、どこに行くんですか？」

乗馬すらしたことがないので、できることといえば、私の後ろで手綱《たづな》を引くアルベリックさんにしがみつくことくらい。もちろんスカートですから、横座り。これもまた恐怖の要因です。

「お前が落ちた場所へ行く」

アルベリックさんの操る手綱《たづな》に合わせ、ハデュロイは旋回を開始します。上昇するときは羽ばたきに合わせてかなり揺れたのですが、滑空しはじめたら安定感がありました。

そこでようやく景色に目を向けて、息を呑みます。

足元には、パノラマのように広がるノエリアの街。

東西に伸びる街道が白い筋に見え、その周りには煉瓦《れんが》や漆喰《しっくい》の壁の家々。屋根はどれも茶色で、庭先に必ずあるミカンのような植木の緑と、いいコントラストです。少し北には市場の通りがあり、人の流れが細かい点で動きます。そこを抜けると、中央広場が見えました。街の北には寺院とお役所、そして街はずれの森と山が続いています。

「すごい、眺めです」

警備隊員さんたちは、こんな景色をいつも見ていたのですね。

グリフォンは街の上空を一周し、それから南のほうへ飛んでいきます。私がこの世界に落ちた場所を目指して。

私にとってのこの世界におけるはじまりの場所は、呆れるくらい何もないところでした。

街から南、街道を少し外れたそこは、ぽつぽつと木々が生えた荒野。ときおり、グリフォンの影に驚いた小さな動物が駆け出すだけの、手つかずの土地です。その上空には当然空しかなく、感慨ひとつ湧きませんでした。

「あそこへ飛んでいったら、また戻れるのかな」

何もない空間、私が現れたあたりを、アルベリックさんが旋回してくれています。

「戻りたいか？」

その問いに、胸が苦しくなります。

「戻れないと言ったのは、アルベリックさんじゃありませんか。意地悪です」

アルベリックさんはハデュロイに上空を十五分ほど旋回させたあと、大きな岩場の上へ着地させました。彼に手を引かれ、抱えられるようにして岩場に足をつけます。

そこから見上げる空は、雲ひとつなく広い。……あまりにも美しいから、雨でも降ってくればいいのにと、恨めしくなります。

「目を背け続ける必要はない。泣きたいときは、泣けばいい」

「……っ、ダメです。だって、泣いたらまた、お母さんの絵が動くかもしれないじゃないですか。お母さん、今度は泣いているかもしれないんですよ？　私を心配している姿なんて見たら、恋しくなる……もう、がんばれなくなります」

薄々気づいていたのです。きっと、私の絵が動き出すきっかけは、涙。

だから泣きたくなかったのに、もうこらえきれませんでした。

次々にこぼれ落ちる涙を、アルベリックさんの無骨な指が拭ってくれます。でも、それくらいでは私の涙は止まりません。

涙とともに、我慢していた想いが、堰《せき》を切ったかのようにあふれてきます。

いつか、向こうの世界で、私は死んだことになるのでしょうか。逆に、家族が私の知らないところで病気になったり、先に逝《い》ってしまうかもしれません。それを、私は見送ってあげられない。たくさんの親不孝をしたまま、私はここで生きていかなくちゃならないのです。

この世界のみんなは私に優しくしてくれるけれど、それが時に、置いてきた家族への罪悪感を募《つの》らせます。毎年、お盆になると迎え火を灯す祖母のように、私を想ってお母さんもいつかは同じことをするのでしょうか。

お母さんを思えば思うほど、ここに落ちた日のことが、後悔で埋め尽くされるんです。

涙と鼻水でぐちゃぐちゃになりながら、そんな想いを全部アルベリックさんに吐き出しました。

ずっと見ないふりしていたかったのに、許してくれないなんて。ほんと、アルベリックさんはお節介でひどい人です。

黙って私の言葉を聞いていたアルベリックさんが、愚痴《ぐち》を吐露《とろ》しつくした私にハンカチを差し出してくれました。それを受け取って思いきり鼻をかんでいると、彼は言います。

「加護は、恒久的なものではない。お前にとって、それは酷《こく》なことかもしれない」

「……じゃあ、お母さんの動く姿も、いつか見られなくなってしまうのですか？」

「いずれは。それが早いか遅いかは、様々らしい。それくらいしか、わからなかった。すまない」

「謝らないでください、調べてくれたんですね。でも、どうやって？」

「少々伝手《つて》があるからな」

濁した言い方をされて、コリーヌ婦人のお屋敷で聞いたリュファスさんの言葉を思い出しました。

「そういえば、アルベリックさんには裏切られました」

「……なんのことだ」

「高貴なご身分だそうで」

「誰が」

「アルベリックさんに決まってます」

あれれ、首を傾げています。本当に思い当たることがないのでしょうか。

そういえば、私、アルベリックさんのことはあまり知らないと気づいてしまいました。これだけお世話になっておいて、今更ですが。

知っていることは、辺境警備隊のノエリア支部の隊長さんで、以前はジルベルド王国軍にいたらしいとか。あと最近、四人兄弟でお姉さんがいると聞きました。

でも他には……

強面《こわもて》だけど、心配性。厳しいから人から恐れられることも多いものの、みんなに慕われているし、馬鹿がつくほど真面目な人だとか。彼の人柄は知っています。

彼のことをもっと知りたいと思うのは、なぜ？

はじめての空の散歩は、涙のしょっぱさでいっぱいでした。でも、ひとしきり泣いて愚痴《ぐち》を吐き出したせいか、ずいぶん心が軽くなった気がします。

単純なのが、私のいいところでもありますよね。

少しだけ元気が出たところで、さあ、帰りましょう。羽ばたく虹色の翼が、私を再びあの街に連れていってくれます。あの日と同じように、碧《あお》い瞳の隊長さんとともに。

それが今は、何より心強いのです。


エトワール芸戯団《げいぎだん》の興行がはじまって、十日ほど経ちました。

ノエリアの街の中央広場に露店がずらりと揃い、連日お祭り騒ぎです。学校が夏季のお休みになった子供たちは朝からわらわらと街にあふれ、楽しそうな声を聞かせてくれます。

街の大人たちも、この祭りの期間はお仕事を休んだり、露店で食事を済ませたりと、いつもとは違う時間を楽しんでいるようです。

そして私はといえば、休んでいる暇などありません。

せっかく一座に出入りを許してもらったので、日参しては役者さんたちを描かせてもらっています。なるべく枚数をたくさん描けるようペンで素描《そびょう》し、帰ってからさっと色をつけています。ニカワで顔料を溶いて、売り物として質の劣化を防ぐ手段も教わりました。

本当はもっとしっかり描きこみたいのが、本音ではありますが……

「いやだわ、もう売り切れちゃったの？」

「はい、今日の分はもうありません。また明日、早いうちに来てくださいね」

嬉しい想定外でしたが、描いても描いても、絵がすぐに売り切れてしまうのです。

人気のファビアンさんや、綺麗な女優さんたちから描かせてもらっているためか、出せば売れるという状態が続いています。

おかげで商売繁盛です。とはいえ、慣れないことばかりで効率が悪く、さほど儲かってはいません。儲からない原因はそれだけではないのです。

役者の姿絵を買い求めてくださるお客さんは、比較的若い女性。彼女たちは私同様、まだお金をさほど持ってはいません。そのため、料金設定を低めにしているのです。料金は、材料費とわずかばかりの手間賃を足した金額。これを商売の宣伝として、次につながるといいなと考えて決めました。

そんな中、嬉しいこともあったんですよ。姿絵をきっかけに、同年代のお友達が何人かできたのです。今までは警備隊の男性陣、オランド夫妻や市場のおばちゃんおじちゃん達くらいしか、親しい人がいませんでした。彼らはみんな優しいです。でも、ほら二十歳の若い娘としては、年の近い子としたい話もいろいろあるわけでして。

「そういえば、今日は領事様のところに行くって言ってなかった？　その姿絵の完成、明日に間に合うの、カズハ？」

「大丈夫ですよー。今晩、ざっと色付けしますから」

今日お店に来てくれた彼女は、ファビアンさんの大ファン。大工の棟梁の娘さんで十八歳のブリジットです。学校は卒業して、近々許婚《いいなずけ》の方と結婚されるので、花嫁修業中なのだとか。

独身最後のお祭りを満喫するために、大好きなファビアンさんの公演を見るだけでなく、こうして姿絵を買いにきてくださいました。

すでに二枚ほど買ってもらっているはずなのですが……。まあ、まいどありってことです。

はじめは、ファビアンさんのことを聞かれ、いろいろな話をしている間に仲よくなりました。彼女だけではなく、彼女の友人やそのまた友人たちともです。

皆さん若い女性ですから、やっぱり好奇心旺盛でした。異世界から来た私の話を聞きたがってくれて、すでに二度ほどお茶会に参加し、楽しい時間を過ごしています。

そんなブリジットと次のお茶会の相談をしていると、お迎えが来てしまいました。

「カズハ、時間だ」

「アルベリックさん、もうですか？」

今日のお屋敷への付き添いは、アルベリックさんです。店の前には大きな馬車が停まっています。

「ごめん、ブリジット。店じまいの時間がきてしまいました」

「ううん。また明日来るね」

「一枚、取っておくから！」

帰っていく彼女に手を振り、私は慌てて店じまいをはじめます。急に現れた隊長さんに気兼ねしているのか、頬を染めて去っていくブリジットの姿は、なんとも可愛らしいものです。

戸締りを終えると、用意しておいた画材道具を手に、私は急いで馬車に乗りこみます。アルベリックさんもあとに続き、馬車は領事様のお屋敷へ出発しました。

「絵が売れているようだな」

「はい、おかげ様で」

「あまり根《こん》を詰めるな」

「大丈夫ですよ。領事様の依頼も急ぎではないですし、姿絵がこんなに売れるのも、今の時期だけでしょうから」

確かに休む暇もないくらいですが、今がかき入れ時です。次があるのかもわからないのですし、私だってたまにはがんばります。

「あ、なんなら、アルベリックさんのご依頼も受けますよ？」

「……なんのことだ」

「あれ、しらばっくれますか？　応接室にありませんでしたよね、アルベリックさんの絵」

ふふ、アルベリックさんの眉間《みけん》に、ほんの少しシワが寄りましたよ。

「必要ない」

「歴代隊長さんの肖像画《しょうぞうが》じゃないですか。ちゃんと飾らなくてもいいんですか？」

「……まだいい」

私はこみ上げる笑いをこらえるのに、必死です。あの応接室の末席に並ぶのが、そんなに嫌なのでしょうか。アルベリックさんのお顔が、いつもより二割増しの渋さになっています。

そんな他愛もない会話をしているうちに、馬車がお屋敷に到着しました。まだ二度目の訪問なせいか、目の前の大きな玄関を見上げただけで、また少し緊張してしまいます。

「ようこそ、カズハさん。それから、アルベリック・レヴィナス隊長……久しぶりですね」

今日は待ちわびていたかのように、コリーヌ婦人が出迎えてくれました。

すぐに打ち合わせをしたいとのことで、応接室に通されます。

「いろいろと取り寄せていたものが届いていますよ。あとで確認してもらえるかしら」

通常の肖像画《しょうぞうが》で使われる画材道具一式を、コリーヌ婦人が用意してくださいました。この辺境の街までは、そのような特殊なものはなかなか入ってこないのが現状です。ちょっとした画材なら行商人が売っていたりもするのですが、本格的な道具は滅多に入ってきません。

応接室には、様々な箱に入った道具が並べられていました。早く触ってみたくてワクワクします。

「ありがとうございます、あとで見させていただきますね。それで旦那様の絵姿なのですが、コリーヌ婦人のご希望はありますか？」

「やはり鍛冶場《かじば》にいる絵がいいわ」

「実は私も、そうだったらいいなと思っていました」

描いた覚えはないけれど、確かに私の筆で描かれた旦那様の絵。未だ鮮明に記憶に残るその姿が、一番描きやすそうです。

そうと決まれば、何枚か鍛冶場《かじば》の絵を描いてみて、婦人に気に入った構図を教えてもらうことになりました。

「下絵を決めるのは、祭りが終わったあとでもいいかしら。あなたのお店、順調なんですってね？」

「お気遣いありがとうございます。役者さんの絵を多くのお客さんに買っていただいているので、そうしていただけると助かります」

「私にとっても、よかったわ。夏の間は出かけることが多いのですよ。今回もなかなか仕事の手が空かなくて、カズハさんをお待たせしてしまったわ」

「いいえ、そんな」

恐縮する私の隣に視線を移す、コリーヌ婦人。

「あなたも、ようやく顔を見せてくれたわね。レヴィナス隊長」

「……申し訳ありません」

アルベリックさんは硬い表情のまま、軽く頭を下げました。どことなく緊張感を漂わせている気がするのは、なぜでしょうか。

「あなたは私に謝ってばかりね。むしろ、私が言わねばならないことでしょうに」

コリーヌ婦人は苦笑いを浮かべました。

「カズハさんは、この街で半年前に起きたことは知っていて？」

頷く私を見て、コリーヌ婦人が続けます。

「責任は私にあるのですよ。前任者が警備隊に配属されたのが、三年前。私が夫を失い、職務から遠ざかったのは二年前。その頃から何もかも手がつかず、ひどい喪失感で体調を崩していたというのは、言い訳でしかありません。前任者が、少し虚勢を張りたがる人物だとは思っていたのですが、気を配れませんでした。不正を見抜けず横行させてしまったのは、全て私の責任です」

「隊の中で起こったことは、まずは隊で始末をつけるべきでしょう。それができずにいたことこそが問題なのです」

アルベリックさんが、コリーヌ婦人の言葉を否定するように言いました。でも婦人は黙って首を横に振るだけ。

ノエリアに大きく影を落とした事件が、失意の婦人が職務につけない間に起きてしまったことを、私ははじめて知りました。婦人の旦那様への強い想いを知った今、その巡り合わせが恨めしいです。他の方が隊長になっていたら、起きなかったかもしれませんよね。

ですが、私のそんな考えを察したのか、コリーヌ婦人は続けました。

「どんな人物が上に立とうとも、不正を防ぐ組織作りは必要ですよ。事は警備隊だけに留まりません。賄賂《わいろ》を受け取った人の中には、街の世話役もいたのですから。あの日、あなたが私を目覚めさせてくれなかったら、もっと事態は悪化していたでしょう。あらためて感謝します、アルベリック・レヴィナス隊長」

「……いえ」

二人の間に半年前、何があったのかはわかりません。でも、今こうしてノエリアの街が平和なら、私はそれでいいと思うのです。

アルベリックさんが前任者の悪事を断罪できたのは、きっとコリーヌ婦人の後ろ盾もあってのことと思います。お二人はきっと、戦友なのでしょう。

すべては私の妄想かもしれません。ですが、アルベリックさんのばつの悪そうな顔を見ることができましたからね。きっと、私の想像とそう遠くないのではと思います。

あとでリュファスさんから詳しく聞き出しましょう。

さて、せっかくお屋敷に来たのですから、のんびりしてる暇はありません。お仕事です。

鍛冶場《かじば》に連れてきてもらい、構図を決めるためのスケッチをはじめました。作業する私のそばに、コリーヌ婦人もにこやかに座っておられます。いろいろとお忙しいだろうに、同行してくださいました。

部屋の内部、特にかまど付近や道具などは見たこともないものばかり。入念にスケッチし、道具の使い方を婦人や執事さんに教わります。

アルベリックさんはといえば、少し離れた部屋の入り口付近で待ちぼうけ。まるで番犬みたいで、ちょっと面白いと思ったのは内緒です。

「本当に、不思議ね」

コリーヌ婦人は私の描く絵を見ながら、呟きました。私は頷きます。

「私にとって、この世界は不思議なことばかりです」

「確かにそうかもしれないわね。落ち人たちにとって」

毎日が楽しい一方で、不便なことも多いこの世界。日々の暮らしに忙しくて忘れがちではありますが、思い出せばいくつも不思議なことに遭遇しています。

加護という不思議な力は、絵が動いて遠くの出来事を見せてくれました。他には、亡くなられたはずの旦那様の幻を見たり、恐ろしい魔獣なるものが存在したり。そもそも、この世界に落ちてきたこと自体が、不思議の最たるものですが。

「あなたのこの技量も、私にとっては魔法のようですよ。物を正確に捉《とら》え、その通りに見えるよう描く高い技術。あなたの生まれた国は、さぞかし豊かで平和が続いているのでしょうね」

「技術の継承だけでいえば、日本は恵まれていいます。食べることに困らないし、好きな勉強もさせてもらえるし。でも……」

「でも？」

「衣食住が満たされるのと、心が満たされるのは必ずしも一緒じゃなくて……。みんなそれぞれ……ええっと、上手くはいえませんけれど」

「そう……。私たちと一緒ね」

婦人は微笑みながら、私の手元のスケッチ——旦那様に視線を移します。

「ああ、本当によく描けているわ。あの人が今ここにいるかのように、感じられる。こんな嬉しそうなジャン＝クリストフには、二度と会えないと思っていたのに」

嬉しい。そう呟きながら婦人は、そっとスケッチを抱きしめます。

その姿に、私は息を呑むしかありませんでした。

同時に、アルベリックさんがこちらを凝視しているのもわかり、無意識に助けを乞います。

だけど彼の助けよりも早く、光る粒が婦人の頬を伝い、足元の石に落ちて砕けたのです。

次の瞬間、婦人の腕の中にある絵が光りはじめました。

そこにあるのは、旦那様だけが描かれた紙の束で——

ああ、どうしよう。今度動くのは、何？　まさか亡くなったはずの旦那様？

今更言っても遅いですよね。

「加護の力が働いちゃうかもしれないから、泣かないでください」って、なんで言っておかなかったの!?　私の馬鹿ぁー！

床に落ちた雫《しずく》が弾けたその一点から、ぬばたまの闇夜が広がります。円を描くように闇の波紋が大きくなり、私とコリーヌ婦人を中心に、鍛冶場《かじば》を黒く包みこんでいきました。

湿り気を帯びた闇は、埃が舞う石畳の部屋の時を巻き戻すかのように、色を濃くしてゆきます。

こんなのは、はじめての事態です。私は振り向いて、アルベリックさんに手を伸ばしました。けれど闇は一定の広さで侵食の足を止め、私とアルベリックさんを隔てたのです。

それをひどく不安に感じた私は、思いきって闇を越える覚悟で手を伸ばします。なのに、アルベリックさんは、ふわりと離れていくではありませんか！

「やだ、なんで避けるんですか!? アルベリックさん、ひどい！」

私は侵食する黒から身を乗り出して、アルベリックさんを引っ掴みます。道連れにしてやるんだから！

「よせ、カズハ！」

「嫌です！」

私に引っ張りこまれるようにして、アルベリックさんも黒い『闇』の中に入ってきました。

彼は呆れ顔でしたが、無視です。だって、私とコリーヌ婦人を置き去りにして自分だけこの状況から逃げ出そうだなんて、見損ないましたよ。

「一人で逃げるなんて、アルベリックさん、サイテーです！」

「不測の事態に備えていた。全員まとめて巻きこまれていたら、何かあったときに助けを呼ぶことすらできない」

「………そ、それじゃ、心細いじゃないですか！」

そんな冷静な判断、私にできるわけがないのです。てっきり見捨てられるかと思いましたからね。

えぇ、彼を引きずりこんだのは確信犯です。死なば諸共《もろとも》ですよ。

「カズハ、加護で死ぬことはありえない」

「なら、諦めて巻きこまれてください！」

心底呆れたように、アルベリックさんにため息をつかれました。

そうこうしているうちに、ぬばたまの闇は私たちをすっかり包んでしまっています。

立ち尽くすコリーヌ婦人は、驚きのあまり声も出ないご様子。

「婦人、大丈夫ですか？」

「え、ええ……」

私の問いかけに、コリーヌ婦人はようやく我に返ったようです。そして抱えていたスケッチを、そっと床に置きました。

すると絵は、脈打つようにほのかに光りはじめます。そして、私たちの前にありえない姿を見せつけたのです。

スケッチから煙が立ち上るかのごとく、浮き上がった人影。揺れる影は次第に形をはっきりとさせ、顔を上げます。

「ジャン。ジャン＝クリストフ……あなた」

現れたのは、コリーヌ婦人の旦那様でした。

最初は、紙の中でパラパラ漫画のように動いていただけだった加護。その次はスケッチから浮き上がり、平面で映像が流れるように見えました。

その上、今回は立体です。3D《スリーディー》です、お化けです。

どうして勝手にパワーアップしてるのですか⁉

加護はいずれ消えてしまうって言ってたのは、嘘ですか？　アルベリックさん。消えるどころか、レベルアップ中じゃないですか。

横のアルベリックさんを仰ぎ見ると、私と同じく困惑し、旦那様を凝視しています。

ふと気づけば、暗いだけだった空間がほんのり明るくなっていました。そこは今いる鍛冶場《かじば》ではなく、どうやら作業部屋の隣、書庫のようです。

立ち上がった旦那様の服装は、以前書斎でスケッチしたときにメイドさんが見せてくれたものと同じで、白い立ち襟のシャツに、黒のベストとスラックス。ブーツには土埃ひとつついておらず、よく磨かれています。とても紳士的な、屋敷にある肖像画《しょうぞうが》に近い印象でした。

旦那様は周りを見回したかと思うと、書棚に向かいます。

「ジャン？」

婦人の呼びかけには、なんの反応もありません。

とはいえ、相手は死者です。反応があったら、私は恐ろしくて腰が抜けそうですよ。

躊躇《ちゅうちょ》しながらも、婦人は伸ばした指で旦那様に触れようとします。

「……っ！」

まるで霧を掴むみたいに、婦人の指は宙を掻き、旦那様の影を素通りしてしまいました。

やっぱり。そんな思いを呑みこんで、私は落胆するコリーヌ婦人に寄り添います。

「これが、あなたの加護なのですね」

「私にもよくわかりませんが、おそらく」

私たちの目の前で、旦那様は書庫から一冊の本を取り出しました。

革の装丁のその本は、大事なものなのでしょうか。旦那様が、ふいに柔らかく微笑んだのです。あるページを開き、そこをじっくり眺めながら。

しばらく眺めていたその本をそっと閉じ、彼がもとの書棚に仕舞おうとしたとき。旦那様はふと手を止めました。そして本を持ったまま小さな文机へ行き、そこで本に何かを書きこみます。

書いている間、何度もふいに手を止め、考えこむ旦那様。再びペンを走らせたかと思えば、微笑んではまた物思いにふけります。

その様子が、私にはとても可愛らしく映りました。だって、すごく幸せそうで……

「時間切れのようだな」

アルベリックさんの声であたりを見れば、闇夜が晴れていくところでした。

「ジャン！」

机に向かう旦那様もまた、まるで陽光に散る霧のごとく薄れていきます。

縮小する闇とともに旦那様は元のスケッチに吸いこまれ、全て元通りになってしまいました。

私と婦人、そしてアルベリックさんがいるのは、埃をかぶった冷たいかまどの前。鍛冶場《かじば》のある部屋です。

婦人が突如、立ち上がって部屋を飛び出していきました。

「コリーヌ婦人！」

私とアルベリックさんは、慌てて婦人を追いかけます。

部屋の外に控えていた執事さんたちも、主の様子に異変を感じ、あとを追ってきました。

「……コリーヌ婦人？」

婦人が足を止めたのは、先ほど見たのと同じ書庫の部屋。旦那様が本を置いた書棚の前です。

細い指が震えながらたどるのは、革の背表紙がずらりと並んだ列です。同じような本がいくつも並ぶ中、婦人の指が一冊の本の前で止まりました。

取り出された本は、さっき見たばかりの記憶に新しい、革の装丁。他のものほど厚くないそれは、いったいどんなことが書かれた本なのでしょう。

しばらくぼんやりと眺めていた婦人が、私の疑問に答えるかのように、本を開いて見せてくれました。

そのページには、一輪の押し花。赤くて細い花弁が特徴的な、小さなミモザの花です。

コリーヌ婦人は押し花をそっと撫でながら、微笑みます。

「ジャン＝クリストフは、屋敷の工房で武器を造り出すことは、ただの一度もありませんでしたの。造るものといえば、農具や細工物のための道具ばかり。でもその農具ですら、手元に残すのはわずかで、ほとんどを農家へ無償で下げ渡していたわ」

旦那様は、とても優しい方だったんですね。丁寧に手入れされた庭を思い出しました。

そういえばこのミモザも今、その庭で咲き乱れています。何か思い入れがある花なのでしょうか。

婦人の手元の本を見れば、押し花の横に、メッセージのような書きこみがありました。

えぇーと……駄目です。この世界の文字がわからないので、私には読めません。

涙をたたえた婦人は、大切そうにその文字を撫でました。

「こんな風に言ってくれたことは、なかったのよ。なのに、亡くなってから二年も経って……本当に、不器用な人ね」

そう言って、婦人は私に大事な本を手渡します。

「ごめんなさいね。少し庭で風に当たってきます」

立ち去るコリーヌ婦人を、私たちは黙って見送るしかありませんでした。

「ねえ、アルベリックさん。これ、読んでください」

押し花のページを差し出すと、アルベリックさんが読むのをためらうではありませんか。

ちょっと、今日はずいぶん薄情ですね。私はこちらの文字を読めないんですから、アルベリックさんが読んでくださらないと困るじゃありませんか。

そう開き直ってねだると、渋々ながらも読んでくださいました。

なぜ渋々だったのか、そのあと、よーく思い知ることになりましたけれど。

――愛するコリーヌへ。

そんな言葉ではじまるお手紙。どう考えても、ラブレターに他ならないのです。

はじめて出会った場所、逢瀬《おうせ》を重ねた庭、子供たちの笑い声。夫妻が一番幸せなときに、必ず傍《かたわ》らで咲き乱れていた花が、ミモザだったようでした。旦那様は愛するコリーヌ婦人と、可愛らしいミモザを重ねていたのです。

それを、聞いているこちらが頬を染めたくなるような、甘い言葉で綴《つづ》っていて……。しかも手紙を読んでいるのは、アルベリックさん。

あぁ、私の馬鹿。なぜ早く読み書きを教えてもらわなかったのでしょう！　頬に熱が集まってしまいます。

人様のラブレターを聞かされるのって、ある意味、拷問です。悶《もだ》えます。これを素面《しらふ》で受け入れられる日本人がいるとしたら、会ってみたいものです。

背筋がむずがゆくなるほどの照れに悶絶《もんぜつ》する私とはうらはらに、淡々と読むアルベリックさんが恨めしい。この文面を照れずに読めるとは、あんたは欧米人ですか。

「なぜ睨《にら》む」

「八つ当たりです。気にしないでください」

「……そうか」

最近は面倒くさくなると「そうか」で済ませますね、アルベリックさん。

ともあれ、手紙を読んでいただいたおかげで、コリーヌ婦人と旦那様が愛し合っていたことは、よくわかりました。

「ところで、なぜ加護がレベルアップしたのでしょう。あんな現象は、今まで起きなかったのですよ？　どこぞの魔法少女や戦隊じゃあるまいし、バージョンアップはタイアップのなせる業《わざ》で充分です。私には適用しないでほしいのです！」

「……言っている意味が、ほぼわからん」

「加護は、徐々になくなるって、前に言ってましたよね！」

答えに窮《きゅう》しているアルベリックさん。

わかっています、彼に聞いても仕方がないことだって。

でも、自分が関係していることなのに、わからないことだらけなのは、不安なのです。

「……加護って、いったいなんですか」

「この世界を作った『はじまりの女神』が、落ち人がこの世界になじみやすくなるよう、鍛えていると説く者もいる」

その言葉で、あるイメージが頭に浮かびました。

「鍛えるって……鋼《はがね》のように？」

「鋼《はがね》は打って鍛えるたびに、不純物を弾き純度を増す。それと同じように、女神は世界を鍛えているという。落ち人とて、同じく鍛えられている。だが落ち人は、この世界にとって多くの不純物を含むため、他の物以上に女神の力が働く。そして鍛えられ、やがてなじんでいく。それまでの間、与えられるのが女神の加護と呼ばれる現象だ」

――じゃあ、加護が起きるのは、私がこの世界の住民ではないことの証《あかし》でもあるの？

私はまだ、この世界にとっては異物？

そんな不安を読み取ったのか、アルベリックさんが私の頭をポンと撫でます。

「それは、ただの一説でしかない。だが、周りの者に恩恵を与えるせいもあり、おおむね好意的に捉《とら》えられている」

「……恩恵？」

「ラウールは加護のおかげで助かった」

「それは確かに……。でもでも、ニコラ君は罪を暴《あば》かれ、立場を悪くしたのですよ？」

「いや、あれ以上ニコラは罪を重ねることなく、司祭の罪を告発できた」

「コリーヌ婦人にとっては？　思い出がよみがえりすぎてつらくないでしょうか？」

「……本人に確かめてみるといい」

コリーヌ婦人へのラブレターに目を落とし、私は頷きます。そうですね、私が考えてわかるはずがありません。本人に確かめるのが一番です。

婦人を追って部屋を出ようとしたとき、ふと疑問が湧きました。

「――じゃあ、最初にお母さんが動いたときは？」

私の問いかけに、ふわりとアルベリックさんが微笑みます。

「私が、少しはカズハの頼りになれただろう」

と、答えが返ってきました。

それがどうして、アルベリックさんにとっての恩恵になるのか、わかりません。

でも、彼の前で子供のように泣いたあの日を思い出し、少しだけ頬に熱が戻った気がしました。なぜでしょう。

小さな葉が左右に寄り集まり、風に揺れて擦《こす》れると葉が萎《しぼ》んで閉じるおかしな植物。私の家の庭にも咲いていたそれの名を、昔、お母さんに教わりました。

『――和葉、これはねミモザ。もうひとつの名を、オジギソウっていうんだよ』

そう言ってお母さんの指先が触れると、葉っぱが可愛くおじぎをして閉じます。貝のようにぴったり合わさった姿に、幼い私は目を輝かせました。まだ閉じていない葉っぱを探して触ると、あっという間に全部の葉が縮こまって、頭《こうべ》を垂れたのです。

その姿が可愛らしくて、幼い私はもっと触りたくて堪りません。

だけど、一度閉じた葉はなかなか元に戻らないのです。じっとしゃがんで待つ私に、お母さんは笑いながら言います。

『触るのは、日に一回にしておきなよ。びっくりして枯れちゃうからね』

『うん』

きゅっと縮む葉っぱを見ていると、小さな私もいつの間にか重たい頭を傾げていて……。それを見たお母さんも笑うのが、嬉しかったのです。

『こんにちは、オジギソウさん。かずはも一緒におじぎするよ』

『あら、じゃあお母さんも』

二人で一緒に体を折って笑っていると、よちよち歩きの弟も、きゃっきゃと声を上げてはしゃぎました。

水やりの順番を弟と取り合いながら一生懸命育てたけれど、花はなかなか咲いてくれませんでした。そんな私の姿を見ていた両親が、次の年も苗を用意してくれたのです。

それからは毎年、うちの庭には必ずオジギソウが植えられています。そしていつしか栽培にも慣れ、庭先には毎年、可愛らしい花が彩《いろど》りを添えてくれたのです。

それは懐かしい、夏休みの記憶。

もう会えないからって、思い出すことをやめたくはない。嬉しくて、楽しくて、愛おしい記憶です。

柔らかい赤色が揺れる花畑の前で、コリーヌ婦人は立ち尽くしています。小さなタワシのようなその花は、私にとっても大事なものです。

「私の家の庭にも、今頃、同じ花が植えられていると思います。きっとこの花も、私と同じようにこの世界に落ちてきたのですね」

「まあ、ずいぶん小さな落ち人ですこと」

私とコリーヌ婦人は笑い合います。

「ジャン＝クリストフは、こういった、小さくて素朴なものを愛する人だったのよ。今もこの庭が花で満たされていることを、きっと喜んでくれているわね」

「もしかして、あの鍛冶場《かじば》はそのためにですか？」

「そうね、最初は花からだった。何かを造り出す喜びを知ってからの夫は、とても生き生きしていたわ。元々凝《こ》り性だったとはいえ、まさか鍛冶場《かじば》で道具を作りはじめるとは、思ってもみなかったけれど」

微笑む婦人は穏やかですが、ほんの少しだけ寂しげに見えます。旦那様がすぐそばで、そんな婦人を優しく見守ってくれたらいいのに。

「あの、最初に言っておかなくて、すみませんでした。私の加護は、たぶん涙に反応するんだと思います」

「あなたの加護がどういうものかは、話で聞いていたのですよ。でも伝え聞いていたものとは少し違って、驚きました」

「すみません、今回のようなものは私もはじめてで……。それに、旦那様の絵なら大丈夫だと思っていたのもあります」

旦那様はこの世にいないから、絵が動くはずがない。心のどこかでそう思っていました。

今までの加護は、そのとき起きていることが、絵を通して見えているようなものだったのです。それは波長が合わないラジオのように声も鮮明ではなくて、アナログな印象でした。

なのに、今日のはすごくはっきりとしていて……ううん、はっきりなんてものじゃないです。昭和のブラウン管テレビから、突然デジタルハイビジョンをすっ飛ばし、まさかの3D《スリーディー》まで進化するなんて。

しかもメガネなしで見えるんですからね、びっくりしたなんてものではありません。

「先程のことは、あなたが謝ることはないのですよ。むしろ私のほうが、あなたに詫《わ》びなければならないくらい」

それはどういうことでしょうか。

加護について妄想……いえ検証していたところで、思ってもいなかった婦人の言葉。私は突然、現実に引き戻されます。

「あなたの加護の力を、少し期待していたのよ。もしかしたらって」

「えーと、それは……」

ご期待に応《こた》えられたでしょうか、とは、なんとなく聞けません。

「私ったら、駄目ね。夫のことは早く割り切ってしまわなければならないのに。いつまでも失ったものに囚われてしまっては……。またレヴィナス隊長や、みんなに迷惑をかけてしまうわね」

「いいえ、それは違います！」

自嘲《じちょう》する婦人を見て、先日アルベリックさんに泣き言を聞いてもらったときの自分を思い出しました。

あのときの自分と、目の前の婦人が少しだけ重なります。

「割り切らなくても、いいんだと思います、我慢しないでください。寂しいという自分の気持ちから、無理に目を逸《そ》らさないで。泣きたいときは泣いていいって……私も教わりました」

私は、近くにアルベリックさんや執事さんの姿がないことを確認します。そして、先日の恥ずかしい大泣きした件を、コリーヌ婦人にお話ししました。

私にだって、恥じらいはあるのです。まあ多少、それが人より小さめなのは、自覚していますけれど。

「……あなたも私と同じ、大切な家族を失ったようなものでしたね」

驚きつつも話を聞いていたコリーヌ婦人は、そっと私の手を取りました。

「家族には会えないけれど、多分元気に暮らしているから、私はずいぶんマシです」

「……でも、あなたを心配なさっているわね。きっと」

「はい。泣いているかもと思うと、つらいです」

心を許せる家族とは、二度と会えません。でも私はまだ、これから人生の伴侶を選ぶことができるとも考えられるのです。

一方、家族はいるけれど、もっともそばにいたい人に先立たれてしまったコリーヌ婦人。

状況は正反対でありながら、私たちはとても似ています。まだまだ吹っ切れてなんかいなくって、どうやって自分の足で歩いていこうかと、足掻《あが》いているところまで。あら、本当に同じですね。

「コリーヌ婦人。私、提案があるのですが……」

実は、前からこっそり考えていたことです。この際ですから、コリーヌ婦人も巻きこんでしまおうと思います。

「何かしら？」

「せっかくお祭りで、八月ですから、コリーヌ婦人もご一緒にどうでしょうか」

「それは、面白いことなの？」

上品な貴婦人をちょいちょいと手招いて、花壇のすみにしゃがみこみます。

婦人もノリがいいですね。身を低くして、私のヒソヒソ話に耳を傾けてくださいました。話しはじめると、彼女の顔が好奇心に染まってきます。婦人は、案外イベント好きなんですね。

「……それはとても楽しそうね、いいわ。やりましょうよ」

「大丈夫ですか？　こちらの寺院などに問題があるのではと、ちょっと心配していましたけれど」

「問題ないわ。むしろ寺院も巻きこんでしまったらいいのよ」

「ひえっ、そんな大事にして……」

二人でひそひそ話をしていましたら、後ろから大きな影が差しました。

言わずもがな、隊長さんです。何もおっしゃいませんが、言いたいことはわかります、はい。

いったい何をやっているのかと、顔にそう書いてあります。

それからコリーヌ婦人が、上手にアルベリックさんを引き入れて打ち合わせです。

わけがわからないまま話を聞かされた隊長さんも、これまた特に反対することなく、手伝ってくださることになりました。本当に、面倒見がいい方です。

結局、予定していたよりも長く滞在してしまったものの、当初の目的であった絵の相談も無事に済ませて、私たちは帰路につきました。手配していただいた絵具などは持ち帰って、試してみます。

「お祭りが更に楽しみになりましたね、アルベリックさん」

「まるでカズハが二人いるかのようだった」

浮かれる私の長いおしゃべりに、馬車の中でも付き合わされるアルベリックさん。

二人って、それは私とコリーヌ婦人ですか？　何気に失礼ですね、どちらに対しても。

でもまあ、私と同じなのかは別にして、確かにびっくりしました。コリーヌ婦人ってば、決断がとても早いのです。私の思いつきだったものを、みんなのためのイベントへと発展させていたのです。かなり行動力のある、施政者の顔をしていました。さすがは、領事様。

「ねえ、アルベリックさん」

「なんだ」

「お母さんや家族のこと、話したくなったら、聞いてくれますか？」

「ああ」

「よかった。いっぱいいっぱい話しますけど、大丈夫ですか？　はっきり言って、しつこいですよ」

「ああ、大丈夫だ」

かすかですけど、アルベリックさんが笑っています。

「じゃあ、アルベリックさんの家族の話も、今度聞かせてくださいね！」

おっと。久しぶりに碧《あお》い目を大きく見開いて、凝視されてしまいました。慣れてきたとはいえ、相変わらずの迫力ですね。

「なぜそこで言葉を詰まらせるんですか？　肯定してくださいよ」

「……わかった」

「あはは、すごく渋々ですねえ」

困ったような、照れたような。わかりにくい表情で、そしてやっぱりいかつい顔のアルベリックさん。家族のことは聞かれたくないのでしょうか？

『——素っ気なくてがっかりだわ、息子なんて』

なんて、お母さんもよく言ってました。男の人ってそんなものかもしれないですね。

それにしても、今日は本当に濃い一日でした。

馬車の小さな窓から覗く景色は、夕暮れです。ほんの少しだけ壁に寄りかかり、ほっと息をつきます。悪路を走る馬車の揺れが心地よいのです。

ちょっとだけ、と言い訳しつつ、私はいつの間にか瞼《まぶた》を閉じていました。

翌朝、早起きした私は、昨日約束していた絵を仕上げます。本当は昨夜のうちにやっておかなければならなかったのですが、まったくもってできませんでした。

前回同様、帰りの馬車で寝てしまい、気づいたら朝です。朝！

やってしまった感が、半端ないです。

隊長さんが部屋まで運んでくださったのでしょうか。それすらも記憶にありません。詳細を聞いたら、またガリガリと乙女値が削られる気がするので、聞けません。……ああ、寝言が心配。

気を取り直して、絵を仕上げました。お次は、オランド亭で朝食をいただいて、買い出しです。

愛用のケロちゃんカゴとお財布を持ち、市場へ繰り出します。お祭り中の市場には閉まっているお店もちらほらあるのですが、目的のお店、八百屋さんは幸い営業中でした。

「いらっしゃい、カズハ」

「こんにちはー、茄子《なす》とキュウリありますか？」

「……なんだって？」

「あのですね。こう、黒紫でこれくらいの野菜が茄子《なす》。緑で細長い瓜《うり》がキュウリっていうのですよ。似たようなものがあるかなぁと、思いまして」

八百屋のおじさんは少し首をひねってから、二種類の野菜を出してくれました。

ひとつはなんと、私が見知ったピーマンそのもの。もうひとつは、元の世界で言うところの紅芋《べにいも》かな。いわゆる、赤いさつま芋《いも》。

「ピーマン！　夏野菜の王道ですね。でも、さつま芋《いも》はちょっと季節感が……あ、これはなんですか？」

言いながら店先をきょろきょろしていると、キュウリに似た形のものを発見しました。でもキュウリよりも、ズッキーニに近いのかな。色が、なぜか青い。うう、まずそうとしか思えません。

「これは塩漬けにして刻《きざ》んで食べる瓜《うり》だ。ほら、あんたの好物にも入っているだろう」

「ああ、セリアさん特製パイの肉ダネ！」

「そう、それだ」

セリアさんがパイを作るとき、挽き肉に入れる調味料代わりのピクルス。その正体が、このズッキーニもどきでしたか。キュウリの代わりとしては少々大きいですが、ピーマンよりはいいでしょう。

「おじさん、この瓜《うり》と芋《いも》をくださいな」

「まいどあり」

ケロちゃん財布からお金を出して、おじさんに渡します。無事にお野菜をゲットしました。

今日は、八月十三日。

この世界に落ちてこなければ、私はいつも通り田舎《いなか》に遊びにいって、静かに迎え火を焚《た》いていたでしょう。余計なことは考えず、この世界でも例年と同じように過ごすことに決めました。

買い物カゴに買ったばかりの野菜を入れて、鼻歌まじりに歩くと、すぐに広場へ到着です。

エトワール芸戯団《げいぎだん》が到着した三日後には、もうひとつの芸戯団《げいぎだん》もノエリアに来て、広場を挟んで向かい合わせで興行をはじめました。その脇には露店が軒《のき》を連ね、大にぎわい。大道芸人も、軽快な音楽を奏で、ジャグリングに似た芸をして人々を沸かせています。

数日前までと違うのは、広場の中央に人が十人くらい乗れるほどの舞台を組み立て中なところ。

「カズハ、聞いたよ！」

舞台の建設を眺める人の中に、肉屋の奥様アルマさんがいました。私に気づいて、声をかけてくれたみたいです。

「アレを発案したのはカズハなんだって？」

「アルマさん、発案なんて大層なものじゃありませんよ。ただ、私の田舎《いなか》の風習をコリーヌ婦人にお教えしただけです」

そうなのです。お祭りに華を添えるべく、舞台を中心にみんなで踊り明かそうというイベントが追加されました。いわゆる盆踊《ぼんおど》りです、はい。

夏といえば、お盆。そして盆踊りに、花火。ついでに加えるなら、若い男女の出会いの場を提供です。踊って踊って、踊りまくりましょう！

……なんて冗談ですが、つまり舞台は盆踊り定番、やぐらの代わりなのです。

父方の祖父母が住む田舎《いなか》には、変わった風習がありました。普通は夕方からはじまり宵《よい》には終わる盆踊りが、そこでは夜からはじまり朝まで続くのです。音楽は流さず、歌を交代で歌い続けて、それに合わせて輪になって踊ります。死者を慰《なぐさ》める歌をつなぎながら、やぐらを中心に人の輪が夜通し回り続ける。ちょっと幻想的で、ノスタルジックなお祭りなのです。

亡くなった先祖や家族を想い、帰ってくる死者を一時だけ慰《なぐさ》める。そして時間が来れば、再び死の世界へ送り出す。それが今生きている人の心をも慰《なぐさ》めるのだと、私は祖母の姿から学びました。

そんな祭りの意味をよく理解してくれた、コリーヌ婦人。そして私もまた、死者と生者ほどに遠くなってしまった家族を想い、迎え火を焚《た》くのです。

感慨深く見ていると、舞台の建設に立ち会っていた婦人が、私に気づいて近づいてきます。

「カズハ。どうかしら、楽しくなりそうでしょう？」

「にぎやかなのは、とてもいいですね。誰があれにのるんですか？」

「誰でもいいのよ」

お祭りでは、バイオリンやギター、打楽器のリズムに合わせてみんなで踊る予定だそうです。盆踊りというより、ダンスパーティーみたいですね。

楽しそうな婦人に、先程買った野菜を見せます。

「野菜を買ったの？」

「はい、これを家に飾ります。串を刺して、馬や牛を作るんですよ」

「まぁ、野菜で？」

「はい。この馬や牛に乗って、遠い世界から家族が帰ってこられるように。そして、祭壇にお供えをしておくんです。それは、たくさんのお土産《みやげ》を持って、また天へ戻れるように」

「可愛らしいのね」

コリーヌ婦人にも作り方を伝え、ひとつずつ差し上げて、私は広場をあとにしたのでした。

そのあと、予定通りお店を開き、いくつか描いた絵を売りました。約束していた絵も渡せて、一安心です。商売繁盛だと皆さん褒めてくださいますが、つい最近まで学生だった身。天狗《てんぐ》にならず、精進していきたいというのが、偽らざる本音です。


夕方になり、私は軒《のき》先に薪を何本か組み、火を灯しました。静かに燃える薪からは、白い煙が一筋上がり、空に溶けていきます。

その煙をぼうっと眺めていると、アルベリックさんとリュファスさんがやってきました。お二人揃っているのは、久しぶりですね。

「それは？」

リュファスさんが、興味津々で聞いてきました。

「迎え火といいます。亡くなった方が、迷うことなく家に帰ってこられるように、目印になる煙です。お二人は、偲《しの》ぶ方はいないんですか？」

うかがうと、アルベリックさんは首を横に振り、リュファスさんは微笑みます。

「幸いにも」

「僕は、伯父《おじ》だけだね」

しゃがんだまま煙を眺めていると、薪はあっという間に燃え尽きました。用意しておいた水をかけ、灰を片付けます。

「ありがとう、カズハちゃん」

突然、リュファスさんに言われ、驚きました。なんのことかわからず、首をかしげます。

「伯母《おば》のことだよ。ようやく、以前の伯母《おば》に戻ってきた。きっと、カズハちゃんの提案のおかげだと思う」

「ああ、お盆ですか？　でもそれは、たまたまタイミングがよかっただけです。きっと婦人は今回のことがなくても、何かきっかけを掴んで、ご自分を取り戻していたと思いますよ。かえって、寝た子を起こすようなことを、したかもしれませんし」

「加護のことかい？　それは大丈夫だよ。むしろ伯母《おば》も加護が起こることを願っていたようだしね」

確かに婦人自身も、期待していたとはおっしゃっていましたけれど。

「とりあえず、感謝は素直に受け取って」

リュファスさんの言葉を受け、ありがたく頷いておきました。

「お二人はこのあと、お祭りに参加しないんですか？」

アルベリックさんは私から目を逸《そ》らし、短く「いや」と呟きます。リュファスさんは、至極残念そうに「仕事なんだ」とのことです。

面白いくらい正反対の反応をした二人に、思わず笑ってしまいました。

「ラウールさんとセリアさんは乗り気ですよ。夕食後に、宿番を代わる約束をしているんです。いいですよね、ラブラブ夫婦で」

するとふいに、リュファスさんに腕を取られ、耳打ちされます。

「隊長、今日はもう非番だから」

へえ、そうなんですね。それで、なぜ私に耳打ちするんですか？

そんなことを考えているのが丸わかりだったようで、再びヒソヒソと囁《ささや》かれます。

「だから、一緒に祭りに行けば？」

「ああ、それもそうですね！」

ようやくリュファスさんの意図が掴めました。

「働きすぎのアルベリックさんを、リフレッシュ休暇に誘えというわけですね！　了解です」

え？　なぜ頭を抱えているんですか、リュファスさん。

ため息をつきながら、そのまま仕事に戻って行きましたけど、大丈夫でしょうか。

「というわけで、お祭りに行きましょう、アルベリックさん！」

「……何が、『というわけで』だ」

「まあまあ、細かいことは気にせず。気にしすぎでハゲたら大変ですし」

私が強引に誘い、店の戸締りをしている間、アルベリックさんは店の奥に作った祭壇を見ているようでした。出かけるべくケロちゃん財布を握りしめて近づくと、これは何かと問われます。

「お供えですよ。馬と牛、可愛いでしょう？　これはお盆の最後の日に燃やして、送り火にするんです」

「最後？」

「私の田舎《いなか》では、十六日が終わって、日付がかわったら燃やす風習でした。そのままじゃ、亡くなった方やお母さんに届きません。煙にして送り届けるのです」

そう、私の想いをのせて。

アルベリックさんは、祭壇を眺めながら短く「そうか」とだけ答えました。

それから広場にくり出した私たち。それはもう、満喫しました。主に私が。

まずは、買い食い万歳。おいしいものを食べ、大道芸を見て目を丸くし、ディディエさんの剣舞にハラハラドキドキしました。次々にはじまる出し物にアルベリックさんを引っ張り回して、気づけばいつからか、手をつないでいたようです。

いつも腕を掴まれるのは私ですが、今日手を引かれたのは、非番なのに隊長服に身を包むアルベリックさん。そういえば、彼の私服を見たことがありません。でもそれが彼らしくて、つい笑いがこみ上げます。

はしゃぐ私に抵抗する気はないのか、アルベリックさんは素直に連れ回されています。まるで夏祭りデートを楽しむ、恋人同士みたいですね。

そのあと私たちは、宵闇《よいやみ》がせまり松明《たいまつ》に炎が灯る頃まで、お祭りを満喫したのでした。


いわゆるオープンダンスパーティー、やぐら風舞台は大好評のうちに本日十六日、終焉《しゅうえん》を迎えます。日頃の娯楽不足を補うかのように、街のみんなが陽気に踊り、歌い、そして飲んだくれました。仮設舞台は四日間みっちり使われ、今日無事に務めを終えることになっています。

楽しいとはいえ、あまり長くはめを外すのは、さすがにいただけませんからね。

私も初日こそ楽しみましたが、翌日からは平常運転でした。

あの日はちょっぴりはしゃいでアルベリックさんを連れ回しすぎたようで、最近は街を歩くと皆さんにからかわれます。今日は隊長さんと一緒じゃないのかい？　なんて。

アルベリックさんも同じように声をかけられているそうで、保護者も大変ですね、と慰《なぐさ》めておきました。まあそれもまた、田舎《いなか》ならではの挨拶《あいさつ》みたいなものですから、仕方ないですね。あ、私に言われたくはないかもしれませんが。

夏祭り自体は、まだまだ続きます。大道芸や芸戯団《げいぎだん》たちは、二十日まで興業を続けるとのこと。今日を除くと、あと四日。その間に、ファビアンさんの舞台をもう一度見にいこうと、セリアさんたちと計画中です。

今日は十六日――そう、ついにお盆最後の日。

私は、特別なことをするでもなく、静かにいつも通り過ごしています。鼻歌を歌いながら洗濯物を干し、セリアさんのお手伝いで、宿の中庭を掃き掃除中です。

「ずいぶん変わった歌だね、カズハ」

そう言ったあと、そろそろお茶の時間にしようと、セリアさんが窓から顔を出します。そちらを向くと、セリアさんの隣でにっこり微笑む人物に、思わずぎょっとしました。

「コリーヌ婦人？　どうしてここに」

「遊びにきたのよ」

食堂で違和感なくくつろぐ婦人。私は慌てて室内に戻ると、彼女の正面に座ります。

婦人は本日、公休日なのだそうです。驚いて口をパクパクさせていると、そう説明してくださいました。

まさかお一人でここに？　と、きょろきょろします。すると、馬車にメイドさんを待たせていると言われ、ほっとしました。婦人はおしとやかに見えるのですが、意外と行動力のある方のようです。

お茶を用意してテーブルについたセリアさんに、再び鼻歌のことを聞かれます。

「さっき歌ってたのはなんの歌？」

「あれは、盆踊りの歌ですよ」

「どんな意味なんだい？」

ワンフレーズだけ歌ってみせて、淹《い》れたての大好きなハーブティーを一口含みました。甘い香りにほっと癒《いや》されます。

「お盆には死者が家に帰ってくる、という意味の歌詞ですよ」

「………へ、へえ」

セリアさんは死者と聞いて、ゾンビ的な意味に受け取ったのでしょうか。若干、青ざめています。

「まあ、とても意味深ね。それに合わせるのは、どんな踊りなのかしら」

そして反対に、コリーヌ婦人はとても楽しげです。せっかくなので踊りを見せようとしたら、なぜかやめさせられました。

どっこいしょと足を広げて両腕を力こぶ自慢的にかまえたのが、まずかったのでしょうか。

ちょっと風変わりな踊りみたいね、というのが婦人の感想です。

一方、お茶の香りを楽しみながら、黙りこむセリアさん。

あれ、もしかして……

「セリアさん。残念ながら、戻ってくるのは魂《たましい》だけですよ。腐った死体は動きません。それに、私の国は火葬が基本ですから、バラバラになった骨の一部しか残ってないです。歩き出したりしませんので安心してください」

「や、やだね、そんなこと考えてないよ」

「想像してたくせに」

そう言って笑えば、セリアさんは開き直って笑い返してきます。そんなやりとりが楽しくて、つい調子に乗ってしまいました。

「あ、でも保存された死体もありますよ。位の高い僧侶が、亡くなってから体をミイラにして保存するんだそうです。それらは信仰の対象として、大切に飾られていますよ」

「亡くなっても、土にかえらないのかい？」

「はい、まあ特殊なケースですが」

セリアさんがとても驚いた表情をしたので、さすがにティータイムには向かない話だったと反省です。私がこちらでビックリすることが多いということは、逆もまた然りですよね。

「私たちの姿はこんなに似ているのに、考え方や習慣がずいぶん違っていて、とても面白いわね。たくさんの便利な道具を使いこなす世界だから、もっと合理的なのだろうと思っていたのに。カズハの話は、どれも印象的だわ」

「奥様、それはカズハが話すからというのもあるのでは？」

「あら、それもそうね」

セリアさんの言葉に、笑いながら賛同するコリーヌ婦人。

「ひどいです、セリアさん。コリーヌ婦人までそんなに笑って！」

宿屋の質素な食堂に、華やかな笑い声が響きます。

お二人は好奇心旺盛。こうして何かにつけて、私の国のことや習慣を聞きたがるのですから。特にセリアさんは日ごろから、家族の話も聞いてくれます。おかげで少しずつですが、大好きなお母さんやお父さん、生意気な弟の話を笑いながら口にできるようになりました。

「そうそう、カズハ。愚息が今度、休暇を利用して帰ってくるらしいのですが、あなたに会いたいと話していましてね。会ってやってくれませんか」

「私に、ですか？」

「まあ、サミュエル坊っちゃんが帰郷？　ずいぶんとお久しぶりじゃありませんか」

セリアさんが、懐かしいと笑みをこぼします。ラクロ家のご子息サミュエルさんは、王都で官吏《かんり》の職についているのだそうです。お仕事が忙しく、辺境の地であるノエリアにはなかなか戻ってこられずに、ずいぶんと久しぶりの帰郷だと婦人も喜んでいます。

そしてこのご子息様、やっぱりセリアさんにとっては、いつまでも可愛い『坊っちゃん』なのだそうです。なんといいますか、同情を禁じえません。だってそのご子息様、アルベリックさんと同い年なのだそうですよ……不憫《ふびん》です。

「それで、ご子息様はどうして私に？」

「あなたが見つけてくれた手紙のことを、息子に伝えたのよ。そうしたら、すごく喜んでね。それであなたに直接お礼が言いたいらしいわ」

そのとき、アルベリックさんからコリーヌ婦人に聞いてみるといいと言われたことを、思い出しました。

「……コリーヌ婦人は、私の加護の力で旦那様を見たことを、後悔していませんか？」

「まあ、後悔することなど決してありませんよ。とても幸せな気持ちをいただいたわ。ありがとう、カズハ」

婦人の言葉に、ほっとしました。

ずっと気になっていたことをようやく聞けて、私もまたお礼を返します。私でも人の役に立てて、それが、こんなにも嬉しいことだって、気づかせてくれたのですから。

ほっこりしていると、セリアさんは突然、とんでもないことを言い出しました。

「そうだ、カズハ。坊っちゃんがいる王都は、そりゃもう大きな街なんだよ。たくさんの人が住んでいて、国中のものが集まってくるんだ。珍しいもの、高価な宝石、それから一級の職人の品がいっぱいさ。もし坊っちゃんがカズハの絵を気に入れば、近いうちにそれらと遜色《そんしょく》なく並ぶことになるかもしれないねえ」

「な、何を言ってるんですか、セリアさん！」

そんな、恐れ多い！　もちろん国一番の都市にも一級品にも興味はありますが、それとこれは違います。

「あら、素敵ね」

「よしてください、コリーヌ婦人まで。学生だった私が、絵を描くことしかできなくてはじめた、にがお絵屋です。まだまだ技術も何もあったものではありませんから。それに今は、まだ加護があるからお役に立てることもあるだけで……」

慌てて首を振る私に、コリーヌ婦人は微笑みます。

「たとえ加護があろうがなかろうが、私はあなたの絵がとても好きですよ。きっといつか、王都でも話題になるわ」

「……ははは、がんばります」

そうして楽しくおしゃべりとお茶を味わったコリーヌ婦人は、一時間ほどでお屋敷へ戻っていきました。

さあ、今日は送り火をする日です。

私もまた、準備をするために早々にオランド亭を出ることにしましょう。

日が落ちて、あっという間に夜が来ました。

祭りの喧騒《けんそう》から離れたところで、私は背負っていた荷物をそっと下ろします。水のせせらぎしか聞こえない闇夜で、私の手元をカンテラのほんのりとした明かりが照らしました。

「ありがとうございます、アルベリックさん」

真っ暗な闇夜に浮かぶのは、私とアルベリックさんだけ。ずっと東には中央広場の明かりが、かすかに見えます。

喧騒《けんそう》がほとんど届かないここは、ノエリアの街の西側を流れる川岸。夜目がきくグリフォンに乗って、アルベリックさんに連れてきてもらいました。

この街では夜になってから移動することが大変だと、異世界育ちの私はすっかり忘れていたのです。

目星をつけていた河原まで、どうやって行こうか思案していた深夜。ひょっこりにがお絵屋に現れたアルベリックさんが、協力を申し出てくださいました。

河原まで行けなかったら、最悪軒下《のき》で送り火を済ませるつもりだったと言えば、近所迷惑だとアルベリックさんに一刀両断《いっとうりょうだん》されました。

うん、冷静に考えて、当然そうですよね。火事の危険性大でした。

夜風が吹いて雲が晴れ、急に視界が開けます。見上げれば、今夜は美しい三日月。

私は芋《いも》やズッキーニもどきのお供え物を、麦わらの束で包みます。そして、アルベリックさんの差し出してくれるカンテラから火種をもらい、麦わらに火をつけました。

ゆらゆらと燃え広がる様を眺めながら、私はそっと手を合わせます。

立ち上がる赤い火から、天へと伸びる白い煙。長く尾を引いた煙は、星の輝く空に溶けて消えていきます。

「綺麗」

見上げると、満天の星。天の川なんて、祖母の家で見た以来です。しかも、元の世界ではぼんやりと白い筋が見えるくらいのものでした。

だけど今は、迫りくるほどの星に囲まれています。圧倒されて、身がすくみました。自分がどこに立っているのか、瞬《まばた》きしたらわからなくなりそうで……

無意識にあとずさると、背中に触れる温かい壁。そして大きな手に支えられました。

「……怖いくらい、綺麗です」

「ああ」

夜空の星はキラキラと瞬《またた》き、この世界に私とアルベリックさんの二人しかいないような、心細さを覚えます。

「私の住んでいたところでは、街が明るすぎて、星はあまり見えませんでした。本当はここと同じくらい夜空は光に満ちているはずなのに、なんか、もったいなかったなぁ」

足元には、焚《た》き火にしては小さく燻《くすぶ》る炎。かがり火のように大きく揺れて、たくさんの想いを空へ届けてくれたらいいのに。

こちらに落ちてから、いっぱいもらった優しさや、楽しかったこと。みんなの助けを借りてはじめた、にがお絵屋のこと。少しずつ実感してきた、お母さんたちに会えない寂しさとつらさ。たくさんの想いが――

「届くといいなぁ、みんなに」

ちょっとおかしな野菜の馬と牛に乗せて、お母さんに、みんなに届いてほしい。だってこんなにも空も、星も、月も、同じなのですから。

この小さな炎と、もうひとつ。ノエリアで一番大きなお屋敷の庭先でも、想いが焚《た》かれているでしょう。行き先は違えど、願いは同じです。

「私の想いも、コリーヌ婦人の想いも、煙は全部連れて上っていく。私もこの煙に乗れたら、もしかして……」

帰れるのかな。

舞い上がる白い煙を見上げてぐっと言葉を呑みこめば、後ろから大きな手が私を引き寄せました。

私の体の前で組まれた強い腕。そっと振り返ると、その瞳が、表情が、切なく歪《ゆが》んで見えます。

「どうし……」

すっぽりと抱きしめられたまま尋ねようとすると、小さな声がぽつりと落ちてきました。

「消えるかと思った」

消える？　私が？

そして、包みこむかのように回されていたアルベリックさんの手が、あっさり離れます。

「煙のように、消えてなくなるかと思った。……そんなはずないのにな」

そう言って、照れたように私から目線を外したアルベリックさん。

私は遠慮がちに、離れたアルベリックさんの手を取ります。そして大きくて硬い彼の手を、いつかしてもらったように、自分の頭の上にぽんとのせました。

「私は、煙や霞《かすみ》になれません。それに、簡単に消えてなくなれるほど、慎ましくもありません。もしここからまたどこかに落ちることになっても、来たとき同様、大声で叫んで暴れますよ。その上、自らの行いを省《かえり》みながら、盛大に抵抗します。そうしたらきっと、アルベリックさんは助けにきてくれますよね。リュファスさんだって、呆れつつも手を貸してくれるでしょうし、ラウールさんやセリアさんも……」

話しているうちに、アルベリックさんは驚いたように目を見開いて私を見下ろします。そんな彼がおかしくて、笑みをこぼしました。

「……自惚《うぬぼ》れでしたか？」

「……いや」

「本音を言えばですね、やっぱり帰りたい気持ちのほうが、まだずっと大きいんです。でも、それだけじゃなくなっていく自分もいてですね。そんな自分はまるで家族を裏切っているかのようで、つらいときもあります」

大きな手が、子供をなだめるようにポンポンと頭を撫でてくれます。

「だから、こうして送り火に想いをのせて、何年もかけてお別れをすることにしました」

もしかして死ぬ間際まで、今と大して変わらないかもしれません。それでも、何かせずにはいられないのです。だからこれを、私が前を向くための儀式にします。

その想いを全て口に出さずとも、アルベリックさんには伝わったみたい。彼は少しだけ目を細めて、いつもの彼らしい返事をしてくれました。

「そうか」

「はい、そうです」

燃え尽きた灰は、川に流します。

そして再び、グリフォンが私たちを乗せて、空高く舞い上がりました。

地平線まで広がる暗闇の中、蛍が舞うかのように、街の明かりは小さく見えます。

うっすらと浮かぶノエリアの空で、私はグリフォンの旋回に身を任せながら、気持ちを新たにがんばろうと思いました。

いつか私もあの小さな明かりのひとつとなり、ここが、この世界が故郷だと言える日が、きっと来ると信じて——。それまでは、精一杯生きてみようと思います。

私が私らしくあれるように、小さなにがお絵屋で絵を描き続けながら。

レジーナCOMICS創刊!!
RC Regina COMICS
大好評発売中!!
えっ?平凡ですよ??
1
アルファポリスWebサイトにて
好評連載中!
Rika Fujiwara 漫画 不二原理夏
Hana Tsukiyuki 原作 月雪はな
転生少女
前世の知識で異世界改革!
レジーナCOMICS創刊!!!!
大人気ほのぼのファンタジー、待望のコミカライズ!
シリーズ累計8万部突破!
アルファポリス 漫画
検索
待望のコミカライズ!
交通事故で命を落とした、女子高生のゆかり。目を覚ますと、異世界に伯爵令嬢として転生していた！　なのに、待っていたのはまさかの貧乏生活……。第二の人生を豊かにすべく、元女子高生は前世の知識をフル活用する!!
＊B6判 ＊定価：本体680円＋税
＊ISBN978-4-434-20717-4
シリーズ累計
8万部突破！